Bildnachweis
Cover: Yauhen Korabua by 123rt
Innen: Verena N, by pixelio

Ich widme dieses Buch allen Verwandten,

Freunden, Bekannten, ...

Aber vor allem all jenen, die den Mut

aufbringen, dieses Buch zu lesen,

und die Kraft, auf Menschen mit ähnlich

schweren Erkrankungen zuzugehen!

Gabriele Matern

...In einem Sommer

wie diesem...

Bibliografische Information der Deutschen Nationalbibliothek:
Die Deutsche Nationalbibliothek verzeichnet diese Publikation in der Deutschen Nationalbibliografie; detaillierte bibliografische Daten sind im Internet über http://dnb.dnb.de abrufbar.

© 2014 Gabriele Matern

Herstellung und Verlag: BoD – Books on Demand, Norderstedt
ISBN 978-3-7357-9083-5

Als ich erfuhr, dass ich einen Gehirntumor habe, dachte ich zuerst: Nun ist alles aus!

Ich wollte mich in eine Ecke verkriechen und auf das Sterben warten!

Ich war auf Gott und die Welt sauer!

Konnte es nicht jemand anderen treffen?

Warum ausgerechnet mich?

Diese oder ähnliche Gedanken quälen mich in den ersten Monaten nach der Diagnose Gehirntumor.

Aber gerade in der Zeit, als ich meine Freunde am nötigsten gebraucht hätte, zogen sich die Meisten von ihnen zurück!

Dieses Buch soll keine Anklage und kein Vorwurf sein.

Es soll vielmehr helfen, erklären, Verständnis wecken. Nicht für mich, sondern für alle Menschen, die plötzlich aus ihrem normalen Leben herausgerissen werden. Die nach einer Untersuchung ins Arztzimmer gerufen werden: Frau/ Herr ..., sie dürfen sich jetzt nicht aufregen...

Dieses Buch möchte auch helfen, Hemmungen abzubauen, vor Menschen, die eine schwere Krankheit haben.

Ein Tumor oder Krebs sind nicht ansteckend, aber manchmal die Angst davor.........

In einem Sommer wie diesem? Sommer? Warm? Nein! Und das nicht nur, weil es gerade erst Mitte Februar ist. Nein, die Kälte ist in mir drin- Eiseskälte! Aber warum denn nur?

Ich sitze in der Wartezone einer Radiologiepraxis in Hamburg. Kein Raum, sondern ein Flur. Lang, kahl und ohne Schmuck. Steril, aber voller Menschen. Warum sind sie hier? Ich versuche in den Gesichtern zu lesen. Ich sehe Gleichgültigkeit, Langeweile, Anspannung, aber auch Furcht. `Furcht` denke ich, `warum das denn`? Da werde ich mir wieder dieser sonderbaren Kälte, die sich in meinen Eingeweiden festgesetzt hat, bewusst. Außerdem bin ich ein bisschen genervt wegen der langen Wartezeit!

Dann kommt der Arzt zu mir, es ist derselbe, der mich vorhin aufgenommen hat. Der mir gesagt hat, dass es nur eine Ausschlussuntersuchung ist, was diese aber nicht angenehmer macht. Dass dieser Kernspintomograf ziemlich laute Geräusche von sich gibt, weshalb ich auch einen schallschluckenden Kopfhörer aufbekäme, damit sei das dann gut auszuhalten. Er erklärte mir noch, dass diese Untersuchung notwendig sei, da ich diese Gefühlsstörungen in der linken Gesichtshälfte habe.

Man wolle damit ausschließen, dass der Gesichtsnerv bei einer Trommelfell-Op verletzt worden ist. „Also, alles halb so wild", meinte er dann noch aufmunternd zu mir. Aber warum macht sich dann wieder diese Kälte in mir breit, als der Arzt mich mit den Worten: „Frau…, sie dürfen sich jetzt nicht aufregen" aufruft, und dann mit gesenktem Blick davon geht. `Was ist denn los? `schreit mein Blick den Arzt an, `sie haben doch gesagt, dass es nur `ne Ausschlussuntersuchung ist`! Dann bin ich im Besprechungszimmer. Wie bin ich eigentlich da hingekommen? Gelaufen? Geflogen? Ich weiß es nicht! `Es ist sonderbar `schießt mir plötzlich durch den Kopf, als ich einen kurzen Blick durch das Zimmer schweifen lasse `es scheint, dass alle Ärzte eine Art Mauer zwischen sich und den Patienten aufbauen. Brauchen sie diesen Schutzwall etwa`? Bei diesem Gedanken huscht ein kurzes Grinsen über mein Gesicht, was der Arzt aber nicht bemerkt hat, er wäre sicherlich ziemlich verwundert darüber. Dann erfasst mein Blick den Leuchtkasten mit den Bildern meines Kopfes, und starrt diese wie magisch an. Auf dem Mittleren glotzt mich ein schwarzer Punkt drohend an. In meinem Kopf beginnen die Kernspinbilder und Wörter aus einem Medizinbuch durcheinander zu schwirren. GEHIRNTUMOR schreit es immer wieder durch meinen Kopf. In meinem Schädel fängt auf einmal ein sausen und brausen an. Stimmen, Wörter, Bilder, alles ein wildes Durcheinander! Und dann, erst undeutlich, dann immer verständli-

cher, die Stimme des Arztes. Sie versucht sich durch dieses Wirrwarr in meinem Kopf einen Weg in mein Bewusstsein zu erkämpfen. Es sind aber immer nur einzelne Wort, die bis in meinen Verstand vordringen: Gehirntumor... Mennengiom... gutartig... Zufallsbefund... muss man nicht operieren... kann aber Probleme bereiten. Irgendwann fangen meine Tränen an zu laufen, ich bemerke es nicht mal. Immer wieder der Versuch des Arztes mich zu trösten, was ihm aber nicht wirklich gelingt. Wenn ich ihm ins Gesicht schaue, schaut er schnell weg. Ist er nur feige, oder lügt er mich am Ende an? Ist der Tumor doch bösartig, sogar tödlich, nicht mehr zu operieren, alles aus, mein Leben vorbei?
Ich dreh noch durch...
Dann sagt der Arzt etwas, was diesen Nebel, der sich um mein Gehirn gelegt hat, plötzlich zerreißt. Diese Worte verstehe ich auf einmal glasklar, sie knallen

mir ins Bewusstsein wie Kanonenkugeln. Der sagt doch allen Ernstes: „Der Bericht wird ihrem Arzt in den nächsten Tagen zugesandt". „Sind sie noch ganz bei Trost? Ich muss doch zu meinem Arzt gehen, damit der mir das weitere Vorgehen erklärt! Wie soll ich ihm denn alles erklären, ohne ihren Bericht! Was denken…." So geht es noch eine ganze Weile mit lauter Stimme weiter. Da ist er erstmal sprachlos! Der, der mich die ganze Zeit zugetextet hat, kriegt vorübergehend den Mund nicht mehr auf! Dann sagt er- etwas beleidigt wie mir scheint- „dann müssen sie eben warten, der Bericht kann natürlich auch gleich geschrieben werden". Als nun Stille eintritt, kann ich kaum noch einen klaren Gedanken fassen. Mein Gehirn ist wie mit Watte ausgepolstert. Das macht die Natur wohl so, damit man in solchen Momenten nicht wirklich verrückt wird oder vollkommen durchdreht, vermute ich. Im Moment bin ich froh, dass es das gibt!

Was muss ich jetzt tun? Ach ja, das Arztzimmer verlassen. Also: rechter Fuß, lin-
ker Fuß, und wieder von vorne, bis ich
draußen bin.

Da wartet mein Mann und macht ein
ziemlich erstauntes Gesicht. Erst jetzt
wird mir bewusste, dass die Leute im
Wartebereich meinen Ausbruch höchstwahrscheinlich mithören konnten. Einige
schauen mich mitleidig, andere höchst
missbilligend an. Aber was soll`s! Die
wissen ja auch nicht, dass ich gerade
mein Todesurteil bekommen habe! Nur
Frank sieht sofort an meinem verheulten
Gesicht, dass irgendetwas anders ver-
laufen ist als erwartet! Ich versuche mich
ganz ruhig neben ihn zu setzen und alles
zu berichten. Aber mit jedem Wort werde
ich lauter, bis ich fast in sein Ohr brülle.
Nun spüre ich erst recht die Blicke der
anderen Patienten. Ich möchte sie an-
schreien: `Soll ich Autogramme vertei-
len, damit ihr mit der Glotzerei aufhört`?
Das lasse ich dann aber doch. „Bitte

bringe mich zum Auto" sage ich Frank so beherrscht wie möglich. Dann stürme ich auch schon los, ohne darauf zu warten, ob er mir überhaupt folgt. Draußen vor dem Gebäude- Autobrausen empfängt mich- versuche ich erstmal tief durchzuatmen. Ich habe aber das unangenehme Gefühl, dass jemand auf meiner Brust sitzt und sie mir zusammenquetscht. Je tiefer ich einzuatmen versuche, desto mehr summt und brummt es in meinem Schädel! Dann ist Frank endlich bei mir und stützt mich. Mir selbst ist gar nicht bewusst geworden, dass ich schwanke. Ich kann kaum noch stehen, so dass er mich zum Auto führen muss. `Es ist sonderbar, aber es ist alles noch genauso wie vor meinem Todesurteil: Die Autos fahren immer noch viel zu schnell durch die Straßen, die Fußgänger fühlen sich genauso belästigt und bedrängt durch die hupenden Fahrzeuge und in unserem Auto summt noch die selbe Fliege, die mich auf der Herfahrt schon genervt hat`, blitzt ein Gedanke in mir auf. Nun versuche ich erst mal, Frank alles so genau wie möglich zu erklären. Ich sage ihm zum Abschluss dieser Hiobsbotschaft, dass er bitte drinnen warten soll, da die den Bericht gleich schreiben wollen.

Eine halbe Minute später bin ich mit mir und diesem Monster in meinem Schädel alleine. Nun geht es erst richtig rund in meinem Kopf! Ich möchte schreien- ich kann es nicht! Ich möchte weinen- ich kann es nicht! Ich möchte mit jemandem über meine Angst reden- ich kann es nicht! Doch, halt, klar, ich kann doch Peter anrufen! Ob ich ihn wohl störe, wenn ich ihn auf der Arbeit anrufe? `Was für unsinnige Gedanken mir auf einmal durch den Kopf schießen' sinniere ich `ich hab doch seine Handynummer, und er hat gesagt, dass ich anrufen kann, wenn es brennt. Und wenn es jetzt nicht brennt, wann dann`! Nicht lange überlegen, sonst kämpft die Vernunft wieder ewig lange mit der Angst, die im Moment ja doch nur Sieger bleiben kann! Nach dem zweiten Klingeln ist Peter dran. Und nach einer kurzen Begrüßung prügele ich ihm alles über, was diese panische Angst in mir hochkochen lässt.

Schweigen…

„Bist du noch da?" frage ich. „Was `ne Scheiße" antwortet er „oder ist das ein makabrer Scherz? Wenn ja, lege ich dich bei erster Gelegenheit übers Knie"! Selbst bei so einem Anlass kann er noch Scherzen, und auch ich muss erst mal ein bisschen schmunzeln. Als ich nichts sage, kommt von ihm, plötzlich ganz ernst: „Es ist also wahr, du hast einen Gehirntumor! Wie soll es denn jetzt damit weiter gehen?" Als ich wieder anfange zu heulen, und sage, dass ich keinen klaren Gedanken mehr fassen kann, sagt er spontan: „Packe was zum Anziehen ein und komme mit Frank ein paar Tage zu uns. Karin wird dich sicherlich gerne ein bisschen bemuttern, wirst schon sehen, dann ist alles nur noch halb so schlimm!" `Halb so schlimm?' brüllt es in meinem Hirn. Ich spreche es aber nicht aus, ich weiß ja, dass Peter es total lieb meint! Ich bin ihm auch dankbar dafür! Schnell sage ich ihm, dass ich aber erst mal zu meinem Arzt muss damit. „Der kennt sich mit solchen Sachen aus. Richard hat schließlich selbst solche OP`s durchgeführt. Er kann mir auch sagen, ob dieses Ding wirklich gutartig ist, oder ob der Arzt sich nur rausgeredet hat". So verbleiben wir also, dass ich zu Dr. Klausen fahre, um mit ihm alle weiter notwendigen Schritte zu besprechen. Er ist nicht nur der Arzt meines Vertrauens, sondern auch mein Ausbilder, bei dem ich eine Umschulung begonnen habe. Anschließend will ich noch zu meinem eigentlichen Hausarzt fahren, damit er mich ein paar Tage krankschreibt.

Ich wäre auch wirklich nicht in der Lage, in die die Umschulung vorbereitende

Klasse zu gehen, und einen auf keep-smiling zu machen. Am Ende müsste ich dann auch noch zuhören, wie jemand wiedermal zum Besten gibt: „Jetzt habe ich schon seit 3 Tagen Schnupfen, ich werde wohl sicherlich bald meinen Kopf unter dem Arm tragen!" Ich würde dann vermutlich anfangen zu toben: „Weißt du eigentlich was krank ist? Hast du überhaupt nur den Hauch einer Ahnung, wie sich das anfühlt, wenn der Arzt einem sagt, dass man einen Gehirntumor hat? DU hast doch noch dein ganzes Leben vor dir- aber ich?" Sie würden mich dann sicherlich anstarren, als käme ich von einem anderen Stern! Dieser Gedanke lässt mich erst mal kichern. Als Frank zurückkommt, fragt er nach dem Grund und ich erzähle es ihm. Da muss auch er lachen. Kein echtes Lachen, es ist eher Galgenhumor, der sich zwischen uns breit macht!

Während der Fahrt suchen wir immer wieder krampfhaft nach Themen, die zum Lachen sind, nur um uns nicht anzuschweigen. Dann tue ich so, als ob ich aus dem Seitenfenster etwas besonders interessantes sehe. Ich will nicht, dass Frank sieht, dass ich schon wieder Tränen in den Augen habe! Endlich kommen wir in der Praxis Dr. Klausen an. Der Doc ist noch am Operieren, was natürlich bedeutet, dass wir warten müssen. Warten zwischen Patienten, die mich verständnislos anschauen wegen der deutlichen Tränenspuren in meinem Gesicht. Sie kenne mich aus der Praxis ja als taffe Helferin. Warten mit diesen Fragen, die in meinem Bauch rumoren. Das ist wie Folter. Dann- nach Stunden wie mir scheint, obwohl es sicherlich nur Minuten sind- kommt Richard endlich nach vorne, wo er mich auch gleich entdeckt. Eine nette, höfliche Begrüßung, wie sonst zwischen uns üblich, gibt es heute nicht. Seine Gesichtszüge erscheinen mir plötzlich wie eingefroren, als er meinen Gesichtsausdruck sieht.

Dann sagt er nur schnell: „Gib mir 2 Minuten mich umzuziehen", und schon ist er in seinem Zimmer verschwunden.

Wieder warten.

Dann merke ich, dass das Gehirn wohl so eine Art Spagat vollführen kann. Die eine Hälfte ist voller Trauer und Angst, was denn wohl auf mich zukommt; die Andere schaut sich im Wartebereich um und bemerkt, dass Flecken an der Tapete sind, dass die Kinderbücher auch schon mal bessere Tage gesehen haben, dass der Trinkwasserbehälter dort drüben in der Ecke aufgefüllt werden müsste. Die Angst gewinnt schließlich die Oberhand und macht das Warten schier unerträglich! Wieder starre ich die Wartezimmertüre an, als ob ich sie hypnotisieren könnte, aber nichts geschieht. Wie lange sind eigentlich…

Endlich geht die Türe auf und Richard winkt uns in sein Zimmer. Er schaut mir ins Gesicht- und ich heule schon wieder los. Wie viele Tränen hat ein Mensch eigentlich? Sind die irgendwann alle? Ich hoffe es doch, denn sonst höre ich wohl nie wieder auf damit! Richard reicht mir ein Taschentuch und nimmt sich dann wortlos die Tüte mit den Kernspinbildern. Er gibt mir erst mal Zeit, meine Fassung wieder zu erlangen. Und wieder ein Lichtkasten, der meinen Blick wie magisch anzieht- und der nächste Weinkrampf! Ich schaue kurz zu Frank, der ziemlich hilflos dreinschaut. Plötzlich ist aus Richard, meinem Freund und Ausbilder, Dr. Klausen geworden. Er ist sachlich, fast schon kühl. Er erklärt mir erst mal mit ruhiger Stimme fast jede Gehirnwindung, die auf den Bildern zu sehen ist. Macht er das, um etwas Zeit zu schinden? Um noch eine oder zwei Minuten Zeit zu haben, bevor er mir die ganze Wahrheit beibringen muss? Bevor er mir sagen muss, dass der Radiologe mich angelogen hat, dass der Tumor nicht zu operieren, und damit tödlich ist? Möglich! Aber irgendwann ist auch diese Schonfrist abgelaufen und das Erklären dieses DINGES beginnt- genauso sachlich wie vorher. Ich kann es nicht begründen, aber diese genauen Erklärungen bewirken in mir großes Vertrauen! Ich glaube Richard/ Dr. Klausen bedingungslos, dass er mir die Wahrheit sagt! Auch sagen würde, wenn der Tumor bösartig wäre! Er ist es aber nicht, da bin ich mir jetzt zu 100% sicher! Es ist ein Menengiom, ein so genanntes Falxmenengiom! Richard erklärt mir, dass das eine gutartige Hirnhautwucherung ist, was mich aber nicht so recht tröstet! Ich kann mich kaum während seinen Ausführungen zügeln, weil mir eine Frage sehr unter den Nägeln brennen! Dann ist es endlich soweit, dass ich sie loswerden kann. Ich sage ihm, dass der Radiologe etwas von vergessen gefaselt hat. Das bringt Richard erstmal für den Bruchteil einer Sekunde zum Schmunzeln.

Dann sagt er, wieder ganz sachlich, dass das theoretisch stimmt. `Waaaas`? schreit es in mir. Aber noch bevor ich Einspruch einlegen kann, fügt er hinzu: „Ich denke aber nicht, dass du vergessen kannst, dass ein Tumor in deinem Kopf wächst. Als ich selbst noch Gehirntumor- Op `s durchgeführt habe, habe ich andere Erfahrungen gemacht! Selbst die hartgesottensten Kerle, die geglaubt hatten, einfach weiter zu machen wie bisher, kamen nach wenigen Wochen, und bettelten, dass man sie operiert. Sie konnten dieses Wissen nicht mehr aushalten. Ich glaube nicht, dass du stärker bist! Das Wissen um diesen Tumor macht dich ja jetzt schon total fertig"!

Da hat er allerdings Recht! Ich kann dieses Gefühl, einen Tumor im Kopf zu haben, kaum mehr ertragen, obwohl ich doch erst seit rund 1 ½ Stunden davon weiß! Wie zum Beweis fange ich schon wieder an zu weinen.

Ich brauche Richard nur anzuschauen, und er weiß Bescheid. Kommentarlos geht er aus dem Zimmer. Wenig später höre ich, wie er der Kollegin am Empfang Anweisung gibt, einen Dr. Blumhardt in Hamburg anzurufen und durchzustellen. Gleich darauf sitzt er uns wieder gegenüber. Doch noch bevor er etwas erklären kann, klingelt das Telefon, und er geht ran.

Als ich die herzliche Begrüßung zwischen den Kollegen höre, bin ich etwas erstaunt. Aber ich sage natürlich nichts darüber, wohl aber meine Augen, wie mir scheint. Richard deutet mit einer Handbewegung an, dass er mir das nach dem Telefonat erklären wird, was erstmal ok für mich ist.

Nun fliegen die Fachausdrücke nur so hin und her, von denen ich die Meisten noch nie gehört habe. Das ist eine gute Gelegenheit, meinem Gehirn einige Minuten des Nicht- Denken- Müssens zu gönne. Diese Pause ist aber schneller vorbei als gedacht, und ich schrecke richtig hoch, als Richard mich mit einem wissenden lächeln anspricht.

„Das ist alles ziemlich hart für dich. Es ist gut, wenn du dir ab und zu mal `ne kurze Zeit des Entspannens gönnst"!

Dann erzählt er mir in allen Einzelheiten, was er mit Dr. Blumhardt besprochen hat. Zuerst erklärt er mir aber, dass das ein ehemaliger Kollege ist, mit dem er an einer großen Uniklinik Gehirntumor- Op `s durchgeführt hat. Nun kann ich die herzliche Begrüßung zwischen den beiden Kollegen verstehen. Weiter führt er aus: „Dr. Blumhardt, zu dem ich dich überweisen werde, ist eine Kapazität auf seinem Gebiet! Er ist der Beste hier im Norden, das kannst du mir glauben! Wenn er dir sagt, dass du mit der Op warten kannst, dann ist das auch so! Aber ich glaube eher, dass er dir zu dem Eingriff raten wird. Weißt du, so ein Menengiom wächst zwar theoretisch sehr langsam, aber man weiß das ja nie so genau! Es gibt in der Medizin ja immer auch die Ausnahme von der Regel. Wenn das dann bei dir so wäre, würde das die Op- Risiken gleich drastisch erhöhen, und das muss ja nicht sein! Außerdem, wenn der Tumor draußen ist, kannst du dich bald wieder voll und ganz auf deine Umschulung konzentrieren".

Die Umschulung- ich hatte mich so sehr darauf gefreut! Vor etwa 9 Monaten hatte ich auf meiner damaligen Arbeitsstelle aufgehört. Das war besser so, denn mein damaliger Chef nahm es mit der pünktlichen Zahlung des Lohnes nicht so genau! Also habe ich sie gewechselt, in der Hoffnung, dass das in einer anderen Firma besser klappt! Tja, und dann merkte ich innerhalb eines Monats, dass es mein anschließender Chef nicht duldet, wenn man eine eigene Meinung hat! Von Stund an wurde ich gemobbt was das Zeug hielt! Ich konnte tun, was ich wollte, es war garantiert falsch. Als er merkte, dass ich so schnell nicht klein zu kriegen bin, hat er mich jedes Wochenende arbeiten lassen. Da war dann nach 2 Monaten die Luft raus. Ich habe aufgegeben, er hat gewonnen! Natürlich musste ich mich arbeitslos melden. Arbeitslos zu sein, war nicht wirklich komisch. Das Geld reichte hinten und vorne nicht, und das Selbstwertgefühl litt auch sehr unter diesem Zustand! Aber was sollte ich tun? Wie die Meisten warten, bis mir eine geeignete Stelle in den Schoß fällt? Nein! Ich wollte mich aktiv um etwas Neues bemühen! Nur was, das wusste ich zu diesem Zeitpunkt noch nicht! Ich erledigte also erst mal die ganzen Laufereien.

Endlich war alles erledigt, und ich setzte mich eines Nachmittags ganz gemütlich mit einer Tasse Cappuccino in den Sessel und ließ meine Gedanken schweifen. Ob ich wohl eine Umschulung machen könnte? Könnte ich das in meinem Alter noch schaffen?!? `Klar` entschied ich in Gedanken `es wäre doch gelacht, wenn ich den jungen Leuten nicht mehr gewachsen wäre`! Aber WAS möchte ich denn machen?

Etwas mit Kindern? Ja, das wäre toll, aber sicherlich viel zu anstrengend, bei meiner eingeschränkten Gesundheit!

Ok, weiter überlegen. Apropos Gesundheit, das wäre doch etwas für mich! Viel Kontakt mit Menschen, das war mir ja schon immer wichtig! Ich könnte Arzthelferin werden. Ob ich so eine Ausbildung schaffe? Und wo sollte ich sie machen? Bei meinem Schmerztherapeuten, ja, das wäre toll! Da sind schmerzgeplagte Menschen, genau wie ich.

Gleich am nächsten Tag wollte ich mich mit Richard in Verbindung setzen und ihn fragen, ob ich ein Praktikum in seiner Praxis machen könnte. Gesagt, getan. Ich bekam ein freudiges `Ja`, als ich meine Idee erklärte. Das war am Mittwoch, und mein erster Probetag sollte am darauffolgenden Montag sein. Am

nächsten Tag kaufte ich mir ein blüten-
weißes T- Shirt, um für die Praxis etwas
Passendes zum Anziehen zu haben.
Danach konnte ich kaum noch das Wochenende abwarten. Ich war so gespannt, ob die Arbeit einer Arzthelferin
wirklich so ist, wie ich sie mir in Gedanken ausgemalt hatte. Ich sollte um 9 Uhr
in der Praxis sein, aber vor lauter Ungeduld war ich schon 20 Minuten zu früh
da, was Richard ein schmunzeln über
das Gesicht huschen ließ. „Du bist ja
eine ganz Eifrige" war sein Kommentar
dazu. `Nein, nur schrecklich nervös'
wollte ich entgegnen, sah ihn aber nur
verlegen grinsend an. Ehe ich mich recht
versah, war schon wieder Mittagspause
und ich fragte ganz verdutzt, warum
denn plötzlich keine Patienten mehr
kommen. Das brachte meine Kolleginn-
nen zum Lachen. Sie erklärten mir den
Sachverhalt, und nun war es an mir zu
lachen, aber mehr aus Verlegenheit!
Carmen zwinkerte mir wissend zu. Sie

hatte beobachtet, dass ich mich voller Elan in die Arbeit gestürzt hatte. So war die Zeit wie im Fluge vergangen, ohne dass ich es recht mitbekommen hatte. Sie erzählte mir, dass es ihr am Anfang ihrer Ausbildung genauso ergangen war. Ich war nur 2 x 2 Tage da, wusste aber sofort, dass das mein Beruf werden soll! Wenige Tage später sagte ich das Richard, dass es mir gerade in seiner Praxis besonders gut gefalle, ich meine Ausbildung also am liebsten auch in seiner Praxis absolvieren würde. Er antwortete mir: „Zum Sommer habe ich bereits eine Auszubildende eingestellt. Aber wenn du zum Frühling anfangen kannst, würde ich mich freuen, wenn du in meiner Praxis bleibst".

Ok, diese Hürde wäre also genommen, muss nur noch das Arbeitsamt mitspielen! Wenige Tage später wusste ich, was an Papierwust auf mich zukommen würde. Das schreckte mich aber nicht ab, war ich doch ganz sicher, dass das mein Weg ist!

Nun ließ ich mich von niemandem und nichts mehr davon abbringen!

Das dachte ich zu diesem Zeitpunkt zumindest…

Ich hatte meine Gedanken einige Minuten in Selbstmitleid abschweifen lassen.

Als ich jetzt hochschaue, bemerke ich, dass Richard geduldig gewartet hat, bis auch mein Geist wieder anwesend ist.

Ich kann ihm natürlich nur beipflichten, dass es wohl besser ist, dieses Ding entfernen zu lassen. Meine Ausbildung möchte ich nämlich unbedingt anfangen, und natürlich auch mit einem guten Abschluss zu Ende bringen! „Ich möchte aber gerne bis zu den Sommerferien warten, damit ich in Ausbildung und Berufsschule nicht zu viel versäume"! „Ich bin nicht sicher, ob du so stark bist um so lange auf die Op zu warten! Aber wir werden es sehen, ob das klappt" bekomme ich als Antwort.

So verbleiben wir also, dass meine Kollegin einen schnellstmöglichen Termin bei Dr. Blumhardt in der neurologischen Ambulanz im Krankenhaus in Hamburg für mich vereinbart. Dort kann ich erfragen, wie dieser Arzt die Situation einschätzt.

Anschließend fahren Frank und ich zur Praxis Dr. Welke. Dort will ich mich einige Tage krankschreiben lassen. Die Sprechstundenhilfe versucht zwar, mich mit den Worten: „Sie haben keinen Termin, tut mir leid, aber wir sind für heute voll" abzuwimmeln, aber ich lasse erst gar keine Debatte aufkommen! So gibt sie sich mit den Worten: „Dann müssen sie eben eine längere Wartezeit in Kauf nehmen" geschlagen. Normalerweise würde ich jetzt breit grinsend wegen dieses Sieges zu einem Stuhl gehen und gerne und geduldig warten. Aber was ist heute schon normal? Nichts! So gehe ich gesenkten Hauptes auf einen Stuhl zu und versuche das Zittern meiner

Hände zu verbergen, damit es die anderen wartenden Patienten nicht sehen. `Ne Frau mit verheultem Gesicht, aufbrausend und mit zitternden Händen. `Die würden sicherlich denken, ich bin ein Junkie`, schießt es mir durch den Kopf. Solche Gedanken will ich erst gar nicht aufkommen lassen, und so straffe ich im Sitzen die Schultern und schaue halbwegs trotzig in die Runde. Dabei fällt mir auf, dass mich niemand beachtet, und ich entspanne mich wieder. Nun versuche ich mich etwas abzulenken, indem ich mir die Bilder an der Wand betrachte.

Ganz egal, welches der eigentlich ganz hübschen Bilder mit Orchideen, Gladiolen, Calla und Rosen ich mir anschaue, nach wenigen Augenblicken verschwimmt es. Dann sieht es plötzlich wie Gehirnwindungen mit einem schwarzen Loch in der Mitte aus! Wie lange dauert eigentlich eine Ewigkeit?

In echt sind es vermutlich nicht mehr als 30- 40 Minuten die ich warte, aber für mich quält sich Minute um Minute dahin, bevor die Wartezeit vorbei ist! Endlich wird mein Name aufgerufen, und Frank schaut mich fragend an, ob er mitkommen soll. Ich schnapp mir einfach seine Hand, danach bleibt keine Frage mehr offen! Ich hoffe, dass meine Ungeduld bald wieder vorbei ist, ich bemerke sie selbst, kann aber momentan nichts dagegen machen.

Wenn ich zu diesem Zeitpunkt wüsste, dass das erst die Spitze des Eisberges ist, würde ich bestreiten, dass das möglich ist! Und ich würde wohl noch etwas tun: Ich würde vermutlich im Erdboden versinken wollen, wegen der Ungerechtigkeiten, die in den nächsten Monaten noch von mir ausgehen werden!

Die Sprechstundenhilfe, Frank und ich gehen den schier endlosen Flur entlang, bis wir endlich am Sprechzimmer meines Hausarztes angekommen sind. Der schaut recht missmutig hinter seinem Schreibtisch hervor, vermutlich hat ihm seine Helferin von dem kleinen Zwischenfall an der Anmeldung berichtet. `Petze` denke ich, setze aber mein höflichstes und gewinnendstes Lächeln auf, schließlich will ich ja was von ihm. Dr. Welke schaut mir ins Gesicht, und das Donnerwetter, das vermutlich folgen sollte, bleibt ihm buchstäblich im Halse stecken. In meinen Augen glitzert es schon wieder verdächtig…

So schaut er mich nur stumm an und deutet mit einer Kopfbewegung auf die Papiertasche mit den Kernspinbildern. Ich sitze mit hängenden Schultern da und reiche sie dem Arzt wortlos. Er öffnet sie, betrachtet sich die darin befindlichen Bilder, indem er sie gegen das Fenster hält, durch das Sonnenlicht hereinflutet. Danach schaut er mich mit einem fragenden Blick an und meint nur trocken: „Erklären sie mir mal, warum sie sich so aufregen? Das ist ein Menen-giom, und außerdem wurde es nur zufäl-lig entdeckt, also keine Panik! Am bes-ten vergessen sie das ganz schnell wie-der, denn operieren lassen würde ich das nicht!"

Man kann von mir nicht behaupten, dass ich auf den Mund gefallen bin, aber Dr. Welke hat das geschafft! Als er meinen fast schon entsetzten Blick wahrnimmt, fügt er beschwichtigend hinzu: „Nana, nicht so verrückt machen lassen von dem Ding. Wissen sie was, ich schreibe sie für heute und morgen krank, damit sie sich beruhigen können

und mit der Situation umgehen lernen. Sie werden sehen, das geht ganz fix und dann geht alles seinen gewohnten Gang! Sie haben doch mit der Umschu-lung angefangen und wollen sicherlich nicht zu viel Zeit verlieren, indem sie über unabänderliches nachgrübeln!" Ich bin so perplex, dass ich zu alledem nichts sage, was der Doc fälschlicherweise als Zustimmung interpretiert. Wenige Minuten später halte ich meine Krankmeldung in den Händen und verlasse mit Frank wie betäubt die Praxis. Erst als wir unser Auto erreichen löst sich diese Starre und ich platze wütend heraus: „Was bildet der sich eigentlich ein? Wie kann er denn sagen, dass ich den Tumor vergessen soll? Richard hat doch gesagt, dass ich zu seinem Kollegen nach Hamburg gehen soll, damit der mir sagt, was jetzt am besten zu tun ist! Denkt der denn allen Ernstes, dass er mehr weiß über Gehirntumore als Richard, der Facharzt dafür ist? ..."

So geht es noch eine ganze Weile weiter bis die Luft raus ist. Kann im Gehirn ein Vakuum entstehen? Es scheint so, denn als wir vor unserer Haustüre ankommen, weiß ich nicht mal mehr, dass ich aussteigen, die Treppe zu unserer Wohnung erklimmen und einen Koffer packen will. All das kann ich nur nach Anweisung von Frank vollbringen. Ich registriere diese erschreckende Entwicklung, aber zeitverzögert, so dass es erstrecht dazu führt, dass in meinem Kopf nichts mehr so abläuft, wie es gehört! Wie habe ich alles, was es zu erledigen gilt vor der Abfahrt eigentlich geschafft? Hat mein Gehirn automatisierte Abläufe abgespult? Ich denke, das wäre möglich! Denn ich packe einen Koffer ohne es wirklich wahrzunehmen. Schnell noch eine Nachricht für unseren Sohn schreiben. Heute bin ich doppelt froh, dass Mario schon fast 16 ist, und man ihn getrost mal 2 Tage alleine lassen kann, ohne sich allzu große Sorgen machen zu müssen. Mario die ganze Sache zu erklären, dazu wäre ich jetzt noch nicht in der Lage! Also benutze ich als Ausrede, dass Frank und ich von unseren Freunden spontan für einige Tage eingeladen wurden. Außerdem schreibe ich schnell noch dazu, dass ich am Abend anrufen werde.

Als ich wieder richtig zu mir komme, sind wir schon an der Autobahnausfahrt ganz in der Nähe unserer Freunde angekommen. Wir sind fast 150 km gefahren, ohne dass ich es richtig mitbekommen habe. Nach dieser Ruhepause, die sich mein Gehirn offensichtlich gegönnt hat, ist mein Kopf wieder etwas freier. Ich kann mich sogar ein bisschen auf die zwei freuen, trotz des schlimmen Anlasses, der uns zusammenführt!

Karin und Peter- ich erinnere mich noch ganz genau an den Tag, an dem ich die Beiden das erste Mal sah. Wir hatten uns online kennengelernt und ganz spontan auf einen Kaffee verabredet. `Wie Pad und Padachon` dachte ich damals. Er: sehr groß, etwa 1,94, auf dem Kopf nicht mehr sehr viele Haare, dafür aber einen Vollbart. Nicht so ein Sauerkraut wie bei den Meisten, sondern sauber getrimmt! Außerdem immer piekfein, wie aus dem Ei gepellt angezogen. Für sein Alter- immerhin ist er schon über 50- eine Spur zu jugendlich. Seine Augen umspielt fast immer ein lächeln, entsprechend viele Fältchen haben sich in sein wettergegerbtes Gesicht gegraben. Sie: klein, etwa 1,60, pummelig, mit viel zu schwarz gefärbten Haaren, aber die Freundlichkeit, die aus ihren Augen leuchtet, bringt Eisberge zum Schmelzen! Außerdem ist ihr Gesicht- sie ist auch schon fast 50- erstaunlich faltenfrei!

Sie sollen sich noch als die besten Freunde erweisen, die ich in dieser schweren Zeit habe!

Die Zeit, bis wir vor ihrer Wohnungstüre stehen, vergeht on nun an wie im Fluge. Wir fallen uns, halb lachend, halb weinend, um den Hals und Karin stammelt immer wieder: „Ach Mensch, ach Mensch…". Man merkt deutlich, dass sie mit dieser Situation ziemlich überfordert ist! Sie reagiert eben wie eine wirklich gute Freundin, die am liebsten das ganze Leid auf sich nehmen möchte, damit ich es nicht alleine tragen muss! In diesem Bewusstsein drücke ich sie noch ein bisschen fester an mich. Als ich über Karins Schulter schiele, schaue ich mitten in Peters zwinkernde Augen. Er kann meine Gefühle gut verstehen, wie mir scheint! Nachdem wir uns herzlich wie immer begrüßt haben, führt Karin mich in die gute Stube, fast so, als wäre ich leidend.

Leidend?

Das bin ich auch, im wahrsten Sinne des Wortes sogar! Aus der Küche strömt der Duft frisch gebrühten Kaffees in meine Nase, und ich sehe, wie Frank seinen Hals in diese Richtung verrenkt. Er liebt es, dass Karin, wenn wir zu Besuch kommen, den Kaffee von Hand filtert. Mich interessiert das nicht besonders, ich trinke lieber Cappuccino. Als ob Peter meine Gedanken erraten könnte, schaut er auch schon breit grinsend mit einem großen Pott dieses dampfenden Getränkes um die Ecke. Sogleich trinke ich ihn in beide Hände und nehme einige vorsichtige Schlucke. Wie gut das tut! Endlich entspannen sich meine Nerven ein bisschen und ich strahle Peter dankbar an. Aber ich sehe natürlich an seiner Mine, dass er nun endlich alles ganz genau wissen will! Schon Sekunden später sprudelt das Unfassbare aus mir heraus. Karin wird abwechselnd feuerrot und leichenblass. Und wenn ich in Peters Gesicht schaue, sehe ich, dass er seine Kiefer fest aufeinander presst, so dass seine Wangenknochen scharf hervorstechen. Meine armen Freund, sie leiden Qualen wegen mir! Als ich geendet habe, sagt keiner ein Wort, bis das Schweigen schier unerträglich wird! Dann räuspert Peter sich, streckt seine langen Glieder von sich, und sagt einen kurzen, einfachen Satz. Er sagt ganz schlicht: „Hab keine Angst, durch diese schlimme Zeit werden wir gemeinsam gehen"! Ich sitze da, und starre ihn ungläubig an, als hätte er gesagt, dass er mir den Mond vom Himmel holen will! Sogleich fliege ich in seine Arme und sage spontan: „Es ist toll, so wunderbare Freunde zu haben! Was würde ich jetzt nur ohne euch machen!"

Und schon wieder bahnen sich Tränen ihren Weg, aber dieses Mal sind es keine Tränen der Angst, sondern der Dankbarkeit!

Als sie versiegt sind, kann ich mich seit Stunden mal wieder richtig entspannen und genieße dieses Gefühl in vollen Zugen! Ich lehne mich tief in die Polster zurück, und schließe genüsslich die Augen. Als ich sie wieder öffne, sehe ich, dass wohl eine ganze Menge Zeit verstrichen ist, denn die Sonne steht schon ziemlich tief. Als Karin die Bewegungen im Wohnzimmer wahrnimmt, schaut sie um die Ecke und sagt freundlich lächelnd: „Das hat dir sicherlich gutgetan nach dem ganzen Trubel heute! Die

Männer sind ein bisschen rausgegangen, damit du deine Ruhe hast und nicht gestört wirst". Ich lächle sie dankbar an und strecke erstmal die verdrehten Glieder. Ich war in einer Position eingeschlafen, die meinen Knochen nicht unbedingt Entspannung brachten, wohl aber meinem Geist, und das ist die Hauptsache! Als hätten die Männer es geahnt, dass ich ausgeschlafen habe, dreht sich auch schon der Schlüssel im Schlüsselloch und sie kommen leise flüsternd herein. Dankbar strahle ich beide für diese Ruhepause an.

In diesem Moment steigt mir ein herrlicher Duft in die Nase, der mich sogleich in die Küche treibt. Karin hat ein herzhaftes Gulasch in Arbeit. Mit den Worten: „Du brauchst in nächster Zeit viel Kraft" lächelt sie mich an und widmet sich anschließend wieder ihrem brutzeln.

Auf einmal streicht mir Minka, Karins und Peters Katze, maunzend um die Beine. `Dich habe ich ja noch nicht mal begrüßt `fährt es mir durch den Kopf `kein Wunder, dass du deine Streicheleinheiten einforderst`! Schon sitze ich, ausgiebig mit Tinka schmusend, mitten in der Diele. Das entlockt den Anderen einige feixende Sätze. Dann beugt Peter sich zu mir herunter und meint ernst: „Katzen spüren es ganz genau, ob es dir gut geht oder nicht!" und legt freundschaftlich eine Hand auf meine Schulter. `Wenn der Anlass nicht so bitter wäre, wäre ich der glücklichste Mensch, solche Freunde zu haben` fährt es mir durch den Kopf. Meine Gedanken schweifen ab zu dem Tag unseres letzten Treffens, als wir Freunde der zwei besucht und die ganze Zeit nur gescherzt und gealbert haben.

Wie lange ist das her? Hundert Jahre? Oder war das auf einem anderen Stern? Wie sehr einige Minute und eine Diagnose mein Leben verändern können ist unglaublich! Ich sitze auf dem Boden zusammengesunken wie eine alte Frau. Dann geht ein Ruck durch meinen Körper und ich sage entschieden NEIN dazu, mich unterkriegen zu lassen! Es ist mir in diesem Moment klar, dass dieses Ding nicht bösartig sein muss, um mich fertig zu machen! Das schaffe ich ganz alleine, wenn ich zulasse, dass der Gedanke daran mich auffrisst! Wenn ich es vor der Op zulasse, mich selbst fertig zu machen, wie soll ich dann genug Kraft aufbringen, um anschließend wieder ganz gesund zu werden?

Dies sind die letzten grüblerischen Gedanken, bevor Karin ruft: „Das Essen ist fertig, kann mal jemand den Tisch decken?" Ich springe natürlich gleich hoch, um das zu erledigen, da ich schon mächtig Hunger habe. Weit komme ich aber nicht, da wird mir schwarz vor Augen. Ich spüre nicht mal, dass mich jemand festhält und zum Sofa bringt. Als in meinem Kopf alles wieder einigermaßen klar ist, schaue ich in drei besorgte

Augenpaare. „Was war das denn?" stammle ich nur „es fehlt noch, dass mein Kreislauf schlapp macht, dann ist das Chaos perfekt! Aber ich denke, dass das nur die ganze Aufregung heute war! So, und nun habe ich Hunger!" „So gefällst du mir besser" grinst Karin und entschwindet in die Küche um Geschirr zu holen. Als ich mich aufrichten will um zu helfen, protestiert Peter aber energisch: „Du bleibst schön wo du bist! Oder willst du etwa, dass ich dich nochmal hier reinschleppen muss"? Zwinkert dabei aber mit einem Auge, damit ich weiß, dass er es scherzhaft meint. Karin kommt bereits mit einer Schüssel voll dampfendem Gulasch um die Ecke, so dass sich eine Diskussion ohnehin erübrigt. Am liebsten wäre es den dreien wohl, wenn ich im Liegen essen würde, aber dieses mal protestiere ich. „Ich bin doch keine Schwerkranke, mein Kreislauf hat schon öfters schlapp gemacht! Frank, sag doch auch mal was!" Der zuckt aber nur mit den Schultern. Ich setze mich demonstrativ kerzengerade hin. Natürlich lasse ich niemanden merken, wie sehr sich mein Kopf dreht! Während des Essens versuchen wir zwanglos zu plaudern, was aber nicht so recht gelingen will. Bei uns allen geistert wohl nur dieser Tumor durch die Gedanken, und so verzehren wir schließlich schweigend dieses wie immer leckere Essen. Ich mag Gulasch sehr, doch heute schmeckt alles irgendwie fade. Außerdem bin ich plötzlich gar nicht mehr hungrig und muss mich fast gewaltsam zwingen, etwas zu essen um Karin nicht zu verletzen! Endlich ist das Mahl beendet und ich lasse mich, als hätte ich schwer gearbeitet, zurück in die Kissen sinken.

Frank kommt um den Wohnzimmertisch herum und richtet seit Stunden das erste mal wieder das Wort an mich: „Ich weiß, das alles ist ein einziger Horror für dich! Aber bitte glaube mir, ich leide mit dir, auch, wenn ich das nicht so recht zeigen kann! Sei dir sicher, dass wir diesen schwierigen Weg gemeinsam gehen! Ich werde immer für dich da sein!"

So emotional habe ich meinen Mann schon lange nicht mehr gesehen, weshalb mich seine Worte auch erstmal kräftig schlucken lassen. `Da kann man es mal wieder sehen, selbst in einer Männerbrust kann ein mitfühlendes Herz schlagen`, denke ich mir, und muss fast ein bisschen schmunzeln, `so schlimm kann das alles gar nicht werden, wenn wir nur fest zusammenhalten`!

Später rufe ich Mario noch an um ihn zu fragen, ob alles ok ist. Statt einer Antwort fragt er: „Ist alles ok? Deine Stimme hört sich irgendwie komisch an!" „Klar" antworte ich „der Tag war nur ein bisschen anstrengend, ich bin müde". „Dann ist es ja gut, ich erwarte euch also morgen Abend zurück, tschüss".

Die Zeit mit unseren Freunden vergeht wie immer wie im Fluge. Peter packt uns mit allerlei Aktivitäten voll, so dass ich zeitweise sogar das vor mir liegende vergessen kann. Als die Heimreise naht, sitze ich nur noch da, und heule wie ein Schlosshund! Aber Karin und auch Peter versichern mir, dass ich vorbeikommen kann, wann immer ich ihre Unterstützung benötige. „Und auch wenn du einfach mal raus musst, rufe an, und Peter holt dich sogar ab, wenn es anders nicht zu bewerkstelligen ist", bekräftigt Karin auch noch. Dieser Satz lässt ein schüchternes Lächeln durch meine verheulten Augen huschen.

Ich bin unendlich dankbar für meine Freunde!

Mit dem guten Gefühl, nicht alleine vor dem sich auftürmenden Berg aus Angst zu stehen, machen wir uns auf den Weg gen Heimat. Je weiter wir uns von unseren Freunden entfernen, desto mehr habe ich das Gefühl, die letzten 2 Tage

der Erholung und des nicht- an- den- Tu-
mor- denkens gab es gar nicht wirklich!
Und als wir vor unserer Haustüre angekommen sind, glaube ich kaum noch atmen zu können, denn die aufsteigende
Angst schnürt mir abermals Brustkorb
und Hals zu!

`Nun ist es also soweit, ich muss es Ma-
rio erzählen. Nur wie erklärt man seinem
erst 15 jährigen Sohn, das es sein
könnte, dass seine Mutter nicht mehr
lange lebt? Oder zumindest eine
schwere Op vor sich hat, deren Ausgang
man nicht kennt´ überlege Ich. Leider
fällt mir keine schlaue Antwort darauf
ein, also lasse ich es erst mal auf mich
zukommen. Diese Frage erledigt sich
dann aber von selbst, denn mein einfühl-
samer Sohn fragt sofort: „Mama, was ist
eigentlich los mit dir? Du hast ja ganz
rotgeweinte Augen". „Ich muss dir da
was erklären, was mir nicht leichtfällt: Ich
war am 18 ten doch beim MRT, und da

haben sie festgestellt, dass ich einen Tumor habe. Der ist aber gutartig." „WAS" ruft mein Sohn „das kann doch nicht wahr sein! Ist das schlimm? Können die was machen? Musst du nun operiert werden?" Am liebsten möchte er nun alles auf einmal wissen. Ich versuche auch ihm alles zu erklären, nur von meiner Angst erzähle ich nichts.

Anschließend nimmt er mich ohne ein Wort zu sagen ganz fest in den Arm. Reden müssen wir in diesem Moment nicht, wir verstehen uns auch so!

Heute muss ich wieder in die die Umschulung vorbereitende Schule, weiß gar nicht wie ich das schaffen soll! Mit dem Bus kann ich heute nicht fahren, die anderen Fahrgäste, die mich kennen, würden mich nur komisch anschauen, was zu neuerlichen Weinkrämpfen führen würde. Also fährt Frank mich hin. Dort angekommen, würde ich am liebsten davonlaufen, statt die Stufen zu den Klassenräumen zu erklimmen. Geht aber nicht! Also: mit Schwung die ersten Treppen hoch. Aber je höher ich steige, desto langsamer werde ich, bis ich schließlich grübeln stehen bleibe, ohne es zu bemerken. „Na, keine Lust heute? Du hattest doch eben erst 2 Tage frei, oder hast du blau gemacht?!?" fragt es hinter mir mit bekannter Stimme. „Schön wäre es gewesen" brumme ich nur, und stapfe weiter die restlichen Treppen empor.

Oben angekommen entledige ich mich erstmal meiner dicken Jacke, die vorübergehend die Kälte vertrieben hatte. Obwohl ich einen dicken Pullover trage, wird mir sofort kalt. Nicht, dass es in den Räumen kalt wäre, die Kälte ist in mir drinnen! Fröstelnd ziehe ich die Schultern hoch, was gleich wieder einen Kommentar hervorruft: „Na, du hast dir doch nichts eingefangen, an deinen freien Tagen?" „Nicht wichtig!" kommt von mir nur barsch zurück. Verwundert starren mir einige nach, als ich ohne weitere

Worte den Vorraum verlasse. So kennen die mich gar nicht, und dieser Gedanke treibt mir gleich wieder die Tränen in die Augen. Als ich in den Klassenraum komme, schaut mir Herr Gelik fragend entgegen. Ich schüttele nur den Kopf und setze mich gesenkten Hauptes auf meinen Platz, wo mich meine Nachbarin missbilligend anschaut. Ich schaue aber nur trotzig zurück! ´Können die mich denn nicht einfach in Ruhe lassen?` denke ich wütend und starre demonstrativ in meine Bücher.

Als endlich alle an ihrem Platz sitzen beginnt der Unterricht.

Buchführung.

`Man` denke ich `das ist langweilig, ich benötige es für die Praxis nicht, und es ist auch nicht gerade geeignet, mich von meinen trübsinnigen Gedanken abzulenken`.

Da spricht mich auch schon Herr Gelik an, ob ich denn wohl träume. Ich grinse ihn schief an, was ihn sichtlich irritiert, er sagt aber nichts mehr. Dann ist plötzlich Pause, und ich weiß gar nicht, warum alle schwatzend aufstehen, denn ich hatte gar nicht bemerkt, wie die Zeit verflogen war.

Herr Gelik steht auf einmal vor mir, und schaut mich fragend an. `Ok, nun ist es wohl soweit, ich muss ihm die ganze Wahrheit sagen, damit er nicht denkt, dass ich keine Lust mehr auf die Umschulung habe. Das könnte fatale Folgen für mich haben, wenn er so etwas ans Arbeitsamt schreiben würde`.

„Wir sollten in einen anderen Raum gehen" bitte ich ihn, was wir auch machen.

„Herr Gelik" platze ich sofort heraus „bei dem MRT wurde festgestellt, dass ich einen Gehirntumor habe."

Schweigen.

Dann fängt er an zu stottert: „Ach Mensch, das tut mir leid, was wird denn da gemacht? Können sie ihre Umschulung überhaupt anfangen? Deshalb wirken sie so abwesend"! So geht es noch eine Weile weiter, und je mehr er sagt, desto mehr weine ich- wieder mal. „Sie wissen doch noch, dass wir am Freitag die Abschlusstests geschrieben haben. Die Ergebnisse liegen jetzt vor und wenn sie möchten, können sie ihr Ergebnis gleich anschauen. So haben sie noch einige Minuten, bevor sie wieder in die Klasse gehen müssen" sagt er dann noch. „Ich muss mir erst mal etwas Warmes zu trinken machen, vielleicht beruhigt das meine Nerven ein bisschen. Dann schaue ich mir alles an.", spreche es, und verlasse fluchtartig das Zimmer. Auf dem Gang stehen einige zusammen und tuscheln, was schlagartig aufhört, als ich näher komme. `Auch das noch` denke ich, `jetzt tratschen die über mich`. „Hey, jetzt sag was los ist, man merkt doch, dass du ganz durch den Wind bist. Außerdem hast du, wie mir scheint, geweint", spricht Uwe mich an. Mit verheulten Augen erzähle ich, was ich vorher schon Herrn Gelik berichtet hatte.

Betretenes Schweigen.

Dann löst sich die Gruppe langsam auf, nur 2 bleiben bei mir stehen, was ich dankbar registriere.

Irgendwie überstehe ich diesen ersten Schultag nach der Diagnose, auch wenn ich hinterher nicht weiß wie! Außerdem bin ich froh, dass die die Umschulung vorbereitende Schule nur noch wenige Tage dauert. Dann gehe ich nur noch in die Praxis und die Berufsschule.

Es folgt das Wochenende, von dem ich hinterher genau so wenig weiß, was ich alles gemacht habe, und warum dann schon wieder Sonntagabend ist!

Der nächste Tag führt mich in die Praxis, in der ich meine Ausbildung machen werde. Es scheint, dass Richard den Mädels, die mit mir da arbeiten, bereits alles erklärt hat. Sie empfangen mich jedenfalls mit ziemlich betretenen Gesichtern, und ich heule schon wiedermal los!

Schnell setze ich mich in die Küche, mache die Türe geräuschvoll zu, um klar zu stellen, dass ich alleine sein möchte! Richard stört sich aber nicht an der geschlossenen Türe, tritt ein und sagt zu mir: „Guten Morgen Gabriele, konntest du dich am Wochenende etwas entspannen? Ist ja nicht so einfach zu verkraften, so eine Diagnose"!-

„Naja" antworte ich „entspannen wäre übertrieben zu sagen! Es geht mir nicht mehr ganz so schlecht, wie noch vor ein paar Tagen. Aber an den Gedanken, einen Tumor im Kopf zu haben, habe ich mich noch nicht gewöhnt, ich muss ständig weinen! Und ich denke, du hattest Recht, bis zu den Sommerferien kann ich mit der Op nicht warten! Ich würde das gerne in den Osterferien machen lassen. Das Wissen um diesen Tumor macht mich schon nach den paar Tagen fertig"! „Ich dachte ich mir schon, dass die Zeit bis zu den Sommerferien zu lang ist" antwortet er freudlos und verlässt den Raum. Nachdem ich mich umgezogen habe kehre ich in die eigentliche Praxis zurück und suche

nach meinen Kolleginnen. Ilse fragt „meinst du, dass du deiner gewohnten Arbeit nachgehen kannst? Wenn ja, würde ich dich bitten, dass du dich mit Claudia um Behandlungsraum 1 kümmerst. Wenn es aber nicht mehr geht, sage bitte rechtzeitig bescheid, damit du dich nicht übernimmst. Und keine falsche Scham"!

Drei Tage später habe ich den heißersehnten Termin bei Dr. Blumhardt. Vor Nervosität zitternd sitze ich ihm gegenüber. Auch wenn Frank in diesem Moment bei mir ist, hilft das wenig! Er erklärt mir ganz genau, was das für ein Tumor ist, und was gemacht werden soll. Es ist im Wesentlichen dasselbe, was Richard schon erklärt hatte! Er ist der Meinung, dass ich das so schnell wie möglich operieren lassen sollte! „Das ist auch ein relativ einfacher Eingriff, da der

Tumor recht günstig liegt. Sie werden voraussichtlich eine Woche im Krankenhaus sein, dann 3 Wochen Reha. Also alles in allem ein Monat, dann habe sie es überstanden, und können sich wieder voll auf ihre Ausbildung konzentrieren"! Mit dem guten Gefühl, beim richtigen Arzt gewesen zu sein, fahren wir nachhause!

Am nächsten Tag ist wieder Praxis angesagt. Eigentlich war ich immer ziemlich einfühlsam, hatte für jeden Patienten einige aufmunternde Worte. In diesen Tagen ist das allerdings ganz anders! Ich reagiere ziemlich schnell genervt, immer öfter auch gereizt auf die kleinen Wehwehchen der Patienten! Ich weiß, das ist ungerecht, ich bin ja selbst Schmerzpatientin, weiß, wie schlimm das sein kann! Nur jetzt, mit dieser Diagnose, habe ich das Gefühl, dass alle anderen Leiden belanglos sind! Sicherlich fällt einigen Patienten mein verändertes Verhalten auf, denn sie schauen mich ganz komisch an, was immer wieder zu Weinkrämpfen führt! Das zwingt mich dann, wiedermal, in der Küche zu verschwinden, in der ich dann Hintergrundaufgaben übernehme. `Ob die Mädels wohl irgendwann die Geduld mit mir verlieren` sinniere ich ein ums andere mal in meinem Versteck. Ich habe auch das Gefühl, dass Richard mich verstohlen mustert, wenn er denkt, dass ich es nicht bemerke. „Was hast du eigentlich mit meinem Kollegen besprochen, wann soll die Op stattfinden"? fragt er dann nach 2 Tagen. „Wir haben ausgemacht, dass auch die Wartezeit bis zu den Osterferien schon zu lang ist, da ich ihm ziemlich fertig gegenüber saß, was er natürlich gleich bemerkt hat! Die Op findet also so schnell wie möglich statt! Aber natürlich muss ich warten, bis ich an der Reihe bin, die haben eine Warteliste. Es sollte allerdings nicht so lange dauern hat Dr. Blumhardt gesagt". „Ja, ich

denke auch, dass das sinnvoll ist" bekomme ich als Antwort. So zieht sich jeder Tag unendlich in die Länge, bevor
ich endlich wieder nach Hause gehen
kann! Ich, die ihren zukünftigen Beruf so
sehr geliebt hat, kann ihn im Moment
kaum ertragen!

Deswegen denke ich, dass Richard den
Mädels auch gesagt sagt, dass sie noch
mehr Rücksicht nehmen sollen, aber
das hilft trotzdem nichts! Ich muss sehr
oft weinen, und weiß nicht mal, ob es die
Angst vor der OP ist, oder die Wartezeit
bis dahin. Und wenn es ganz schlimm
kommt– und das passiert immer öfter–
dann schickt Richard mich sogar nach
Hause, oder eine Kollegin bringt mich.

Abends rufe ich Karin an und wir quatschen eine ganze Stunde, was mir wieder etwas auf die Füße hilft.

Sogar in der Praxis ist es aufgefallen,
dass es mir heute besser geht, als normalerweise in der letzten Zeit! Aber zum
Wochenende hin ist mir wieder ständig

schwindelig. Ich denke, das hängt mit dem Schlafmangel zusammen, denn ich kann schon seit Tagen keine Nacht mehr durchschlafen! Richard versucht auch immer wieder, mir Mut zu machen. Er sagt, dass er sehr wohl bemerkt, dass ich mir große Mühe gebe, alles zu schaffen, aber ich müsse nicht die Heldin spielen! Wenn es nicht geht, dann geht es eben nicht! Er wisse auch, dass ich die Situation nicht ausnutze!

Ein schönes Kompliment!

Sonntag wollte ich seit langer Zeit mal wieder zur Kirche gehen- es klappt aber nicht! Meine Gedanken sind ganz konfus, ich weiß aber nicht warum.

Am Montag ist der erste Berufsschultag nach der Diagnose, und mit jedem Schritt näher zu meinem Klassenzimmer fangen meine Augen mehr von nichtgeweinten Tränen an zu glitzern. Meine Fachkundelehrerin schaut mich fragend an, und schon ist es um meine Beherrschung geschehen! „Ich habe am Dienstag letzter Woche eine schlimme Diagnose bekommen, ich habe einen Gehirntumor, der muss operiert werden, ich weiß nicht mal, ob ich meine Ausbildung machen kann" sprudelt es aus mir heraus! „Oh, daher die tränennassen Augen, jetzt verstehe ich" bekomme ich zur Antwort. „Dieses Wissen ist natürlich schlimm für dich! Nun schreiben wir heute ja unsere Fachkundearbeit. Wenn du dir das nicht zutraust, könntest du sie auch ausfallen lassen. Leider wäre dann ein entsprechender Eintrag in deinem Zeugnis, und das sähe für das Arbeitsamt nicht so günstig aus"! Deshalb antworte ich schnell „ich schaffe das schon! Besser eine schlechte Note, als diesen Eintrag"!

Fachkundearbeit- was für ein Graus! Meine Konzentration ist gleich null! Am Mittwoch bekommen wie sie zurück, und das Ergebnis fällt entsprechend schlecht aus.

„Es ist natürlich kein Wunder, dass du ganz zerstreut warst! Es ist auch nicht schlimm, dass du diesen Test nicht so gut bestanden hast, es folgen ja noch viele, so kannst du diese Note wieder ausgleichen" bekomme ich von der Lehrerin als Beruhigung gesagt.

In der Mathestunde erzähle ich das mit dem Tumor noch einer anderen Lehrerin. Sie sagt, dass sie vor 20 Jahren einen Oberschenkeltumor hatte! Sie wollte das damals auch nicht akzeptieren und hat dagegen angekämpft! Erst als sie damit aufgehort hat, wurde es etwas leichter. Außerdem brauchte sie nach der Op ihre ganze Kraft, um wieder gesund zu werden! Ich bin ihr sehr dankbar für diese Offenheit! `Sie hat je recht` denke ich `wenn ich in dieser Wartezeit zu viel Kraft vergeude, fehlt sie mir nach der Op. Dann wird das Fittwerden nur umso schwieriger und langwieriger. Und dagegen rebellieren bringt mir ja eh nichts`!

In dieser Woche kann ich die von der Krankenkasse bezahlte, und von mir bestellte Perücke abholen. Sieht nicht so schlecht aus, nicht so künstlich wie früher! Am Wochenende kommen unsere Freunde wieder zu uns. Peter hat ein Präsent für mich- Onyxmarmoreier! Er weiß, dass ich Edelsteine liebe! Es ist schon fast, als wären wir eine Familie! Ein schönes Gefühl...

Sonntagnachmittag geht es dann auf einmal los- ich kann mich kaum auf den Füßen halten. So muss ich am Montag und Dienstag die ersten Tage zu Hause bleiben in dieser Zeit und döse nur vor mich hin. Dann wird aus den 2 Tagen eine ganze Woche! Was ich nie wollte, tritt nun doch ein: Ich kriege das alles nicht mehr gebacken und brauche Hilfe- ausgerechnet ich! Aber wie soll mir denn jemand helfen, wenn ich selbst nicht weiß, was los ist mit mir? Kann es sein, dass auch meine Psyche mich krank macht? Oder bin ich es wirklich?

Einige Tage später bekomme ich `ne SMS- von meiner Schwester. Dass sie ganz oft mit vielen lieben Gedanken bei mir ist und mich umarmt! Das allein sorgt dafür, dass es mir ein bisschen besser geht! Schade, dass ich erst krank werden musste, damit wir wieder näher zusammen rücken!

Leider hält dieser Zustand nicht lange an. Immerzu dieses rauf und runter...

Deshalb flüchte ich mich immer wieder für einige Tage zu meinen Freunden- ja, es ist eine Flucht, auch wenn ich nicht so genau weiß, wovor!

Am Montag ruft mein Mann in der Praxis an und sagt, dass der Termin (5. April) sich verschiebt! Es sei ja kein fester Termin gewesen, hat man ihm gesagt! MIR hat das nur leider keiner gesagt!

Jetzt geht es mir noch schlechter als ohnehin schon! Diese Terminverschiebung zerrt an meinen Nerven! Ich kann mich nur noch mit reichlich Johanniskraut über Wasser halten! Auch meine Umgebung leidet schon unter mir. Das merke ich aber leider meistens viel zu spät!

Wir rufen noch mal in St. Georg an und erhalten die Auskunft, dass ich auf keiner Warteliste stehe. Wissen die nicht, was sie sagen?!? Haben die keine Ahnung, was sie Leuten antun, die auf eine OP warten? Voller Panik informiere ich Richard, den einzigen, dem ich zutraue, dass er etwas bewegen kann!

Richard schreibt aus dem Urlaub eine SMS zurück, dass er sich darum kümmert, wenn sich bis zu seiner Rückkunft nichts Positives ergeben hat! Wir rufen noch mehrmals, immer im Abstand von einigen Tagen, im Krankenhaus an. Aber die Auskünfte sind so konfus, dass wir allmählich überhaupt nichts mehr wissen!

Sonntag gehe ich wieder mit in die Kirche, und besonders Erika kümmert sich geradezu liebevoll um mich! Und das, obwohl es ihr sichtlich schlecht geht, denn sie hat selbst Krebs! Viele in der Kirche sagen, dass sie mich im Krankenhaus besuchen kommen, ich muss nur bescheid sagen, wenn es losgeht.

ENDLICH! Dr. Blumhardt meldet sich, und sagt, dass es ihm ja leidtut, aber es sind 2 Ärzte krank geworden! Somit fällt ein komplettes OP– Team aus! Die Operation findet mit Sicherheit nicht vor Ostern statt!

Es ist sonderbar, ich hätte gedacht, dass meine Welt jetzt endgültig zusammen bricht, aber im Gegenteil. Ich kann mit dieser ehrlichen Auskunft besser umgehen!

Irgendwie bin ich nicht krank- aber auch nicht gesund. Mein Mann gibt sich redliche Mühe, mir zu helfen, so gut er kann. Ich mache es ihm allerdings nicht gerade einfach! Abwechselnd jammere ich und bin ich aufbrausend. Das blöde ist, ich merke es oft nicht mal!

Über das Wochenende fahren wir wiedermal zu unseren Freunden, aber ich merke, dass es Peter allmählich zu viel wird. Er weiß sich wohl keinen Rat mehr, wie er mit mir umgehen soll! Ich kann ihn verstehen, und doch bete ich zu Gott, dass meine Freunde durchhalten!

Es ist sonderbar, gerade jetzt, während dieser Krankheitszeit, lerne ich wahre Freundschaft erst richtig zu schätzen! Ist es das, was ich in dieser schlimmen Zeit lernen soll? Mir wird auf einmal auch bewusst, wie liebevoll sich einige aus der Kirche um mich kümmern! Nicht, dass sie das erst seit kurzem tun, ich bemerke es eben erst jetzt!

Schade, dass immer erst etwas Außergewöhnliches passieren muss...

Nun sind die Osterferien fast um und immer noch kein Anruf vom Krankenhaus! Denken die, ich hätte Nerven aus Draht? Ich möchte die letzten Ferientage mit lernen, oder mit etwas anderem sinnvollen verbringen, aber ich döse nur- wie meistens in letzter Zeit! Als Richard aus dem Urlaub zurück ist, ruft er gleich an, um zu fragen, was sich bisher getan hat. Ich berichte es ihm, und er verspricht, sich gleich morgen darum zu kümmern. Am nächsten Tag sagt er, ich brauche nicht damit zu rechnen, dass das Krankenhaus sich diese (Woche nach Ostern) oder nächste Woche meldet! Es wird sicher nur Notfall- Op`s geben, da mehrere Ärzte erkrankt sind! Diese Auskunft ist ziemlich ernüchternd. Also: wieder warten! Die ersten Arbeitstage nach den Osterferien waren ziemlich hektisch, aber gut! So habe ich keine Zeit zum Grübeln! Das Wochenende brauche ich diesmal wirklich zum Ausruhen. Es gibt aber auch schöne Situationen in dieser Zeit: Ich spreche einer Patientin Mut zu und das hört Richard. Hinterher sagt er, dass er verwundert ist, dass ich in meiner Situation noch (wieder) so gut auf andere Menschen eingehen kann! Die meisten Menschen können das nicht mal, wenn alles um sie herum ok ist! Ich lerne in dieser Zeit viel über andere-

aber noch viel mehr über mich! Endlich mal eine Woche, die „fast" normal läuft! Ein gutes, Mut machendes Gefühl. Wenn alles vorbei ist, kann mein Leben also wieder in normalen Bahnen laufen! Über den 1. Mai kommen unsere Freunde, und ich genieße diese Zeit wieder in vollen Zügen! Ein Ausflug zu viert ist nur Gelächter und Albern sein. Einfach zum DANKE- SAGEN! Und die Woche wird noch spannender! Ein Kollege von Dr. Blumhardt aus dem Krankenhaus, ruft an und sagt, dass ich am 19. oder 20. 5. ins Krankenhaus soll! Erst riesen Freude, dann Kreislaufkollaps! Freue ich mich nun oder hab ich Angst? Beides, könnte ich mir vorstellen! Es scheint, dass mein Gehirn ein Ameisenhaufen ist! Außerdem schlägt jemand ständig an die Riesenglocke in meinem Schädel!

Abends rufe ich einige aus der Kirche an, um zu berichten, dass es bald losgeht. Und alle versichern nochmals, dass sie mich besuchen! `Wenn wirklich alle kommen, müssen wir Besuchszeiten einrichten, damit nicht alle auf einmal kommen `denke ich mir!

Im Moment ist ein Tag so anstrengend wie der Andere. Erst fängt es toll an, und dann... Eigentlich soll am Dienstag mein letzter Arbeitstag vor dem Krankenhausaufenthalt sein, aber dann fragt Richard an, ob ich Donnerstag doch noch mal kommen könnte. Klar, dass ich ihn nicht im Stich lasse! Er ist die ganze Zeit mehr als fair gewesen, also bin ich es auch- ist doch klar!

Montag, 19.05.03, 1. Tag im Krankenhaus:

Wir stehen um 5.45 Uhr auf. Wecker hätte ich nicht gebraucht- ich war eh die halbe Nacht wach! Am liebsten würde ich einfach liegen bleiben, „vergessen", was vor mir liegt! Dann Frühstück, ein bisschen Cappuccino, ein halbes Brot runterwürgen. Ins Bad, anziehen und bloß nichts vergessen! Um 6.30 Uhr Abfahrt von zuhause nach Hamburg.

Unterwegs ein paar SMS schreiben, das vertreibt kurz die Nervosität, auch wenn ich mich nicht so recht darauf konzentrieren kann!

Ob mein Kopf wohl explodiert? Ich denke, das passiert gleich mit mir!

7.45 Uhr, wir sind im Krankenhaus angekommen, Haus C suchen, anmelden, dann zu Haus I, Station 3- meine Station.

Erst mal warten, wir sind zu früh! Dann noch mehr warten, das Bett ist noch nicht frei. Jetzt nach Haus C, EKG machen. Station I- warten. Wieder nach Haus C, Thorax röntgen. Endlich ist das Bett frei! 2- Bett Zimmer, das ist gut. Alles ist modern eingerichtet. Ein Pfleger sagt mir, dass es diese „Frührehabilitationsstation" erst seit 3 Monaten gibt- was für ein Glück für mich! Die Bettnachbarin ist auch sehr nett. Sie hatte auch einen Gehirntumor, und das Gespräch mit ihr macht Mut! 11.30 Uhr gibt es Mittagessen. Danach das Aufnahmegespräch mit dem Arzt.

Mein Kopf ist ein Ameisenhaufen! Jeder will was von mir- ich will nur weg!

Später kommt noch Dr. Blumhardt vorbei, versucht Mut zu machen.

Mein Mann ist auch kurz vorm Heulen, deshalb sag ich ihm gegen 17 Uhr, dass er jetzt gehen kann, dass ich klarkomme. Glatte Lüge, aber er darf jetzt nicht schlapp machen...

Kurz bevor mein Mann geht, sagt ein Arzt zu ihm, dass er mich Morgen, am OP-Tag, nicht besuchen darf! Sch..........

Dienstag, 20.05.03: Heute ist es nun soweit! Ich weiß nicht, ob ich lachen oder weinen soll! Als ich nach dem Aufwachen aufs Handy schaue, finde ich mehrere liebe, tröstende SMS vor. Leider kann ich mich nicht daran freuen- die Angst hat mich seit Stunden voll im Griff! Eigentlich soll das CT um 8 Uhr gemacht werden, es geht dann aber erst mehr als

1 Stunde später los! Ich kann das Zittern nicht unterdrücken, ist mir aber auch egal! Alle versuchen zu trösten, es gelingt aber nicht wirklich.

Nach dem Computergestützten CT geht es in den OP- Vorbereitungsraum. Die Schwester da hat gleich gemerkt, was ich für `ne Angst habe. Sie kümmert sich wirklich rührend, fast liebevoll um mich! Man sagt ja immer, Schwestern- besonders Op-Schwestern- sind abgestumpft. Was für ein Quatsch! Sie ist die ganze Wartezeit über bei mir und bleibt bei mir, bis ich um ca. 11.30 Uhr in den OP- Saal geschoben werde.

Die OP dauert ca. 4 ½ Stunden.....

Den Mittwoch verschlafe ich fast vollständig, obwohl mein Mann mir am Donnerstag sagt, dass ich mit Dr. Blumhardt gesprochen habe. Er hat uns erklärt, dass der Eingriff komplizierter war, als vermutet. Deshalb haben auch 2 komplette Op- Teams an der Operation teilgenommen!

Als ich das nächste mal aufwache ist es bereits Donnerstag und ich weiß nicht so genau, wo ich mich befinde, warum alles um mich herum summt und brummt. Gerade als mir alles wieder einfällt, merke ich, dass sich mir der Magen umdreht, und gleich darauf heftig entleert. `Oh man, ist das peinlich`, denke ich. Schon kommt eine Schwester um die Ecke und sagt ganz entspannt „keine Sorge, das ist ganz normal noch so einer langen Narkose", und fängt gleich an, mein Bett frisch zu beziehen.

Meine Nase juckt, und ich will mich natürlich kratzen- was aber nicht funktioniert, da sich mein rechter Arm keinen Zentimeter bewegt. Dann versuche ich es links- funktioniert, rechtes Bein- funktioniert nicht- linkes Bein- funktioniert.

„Schwester, warum bewegen sich mein rechter Arm und mein rechtes Bein denn nicht? Was ist da passiert"?

„Das kann ich ihnen nicht sagen, aber die Visite kommt in ein paar Minuten, die wissen genaueres", antwortet sie.

Ich schaue erst mal an mir herunter und betaste alles.

Verband auf dem Kopf, mehrere Schläuche in den Venen, kein Gefühl im rechten Arm, kein Gefühl im rechten Bein, sonst scheint alles normal zu sein. Dann schlafe ich wieder ein. Als ich aufwache, stehen mehrere Ärzte an meinem Bett und unterhalten sich. Sie merken zuerst gar nicht, dass ich wach bin. Nachdem ich mich geräuspert habe wenden sie sich mir zu. Einer der Ärzte spricht mich an: „Die Schwester hat uns gesagt, dass sie die rechte Seite nicht bewegen können. Versuchen sie es doch nochmal", was ich natürlich auch gleich mache. Vor lauter Anstrengung fange ich an zu schwitzen, aber nichts tut sich. Voller

Panik schaue ich den Arzt an. Der aber meint: „Das ist nicht schlimm, wir versuchen etwas anderes". Er nimmt einen spitzen Gegenstand und tastet damit zuerst den Arm, dann das Bein ab. „AU, das tut weh, auch die Ferse, die auf dem Bett aufliegt schmerzt schlimm!" jammere ich. „Es tut mir leid, aber das musste sein", bemerkt der Arzt lapidar „nur so können wir feststellen, wie stark die Halbseitenlähmung ist". „Und?" frage ich ganz bang. „Nun, im Moment haben sie eine komplette Halbseitenlähmung . Es beginnt sich außerdem eine Spastik zu bilden, weshalb sie auch die Schmerzen in der Ferse haben. Das geschieht, wenn der Reizt des Gehirns, Muskeln zu bewegen, nicht in Hand oder Fuß ankommt. Seien sie froh, dass wir seit kurzem schon hier auf der Intensivstation mit der Mobilisierungstherapie anfangen. So wird sich das sicherlich gut beheben lassen. Die Schwester wird ihnen ein Kissen unter den Unterschenkel legen, so dass die Ferse nicht mehr aufliegt", sprach`s, und der ganze Tross setzt sich in Bewegung, noch ehe ich weitere Fragen loswerden kann.

Am Donnerstagabend werde ich 2 Zimmer weiter, auf die „Frührehaintensivstation" geschoben. Da beginnen dann schon die ersten Reha- Maßnahmen! Die Ergotherapeutinnen kommen zu zweit- was auch besser ist! Sie müssen eine ganze Menge Kraft aufwenden, um das rechte Bein zu bewegen.

Am Freitag bringt mein Mann ein Päckchen mit- von meiner Schwester. Darin ist eine Kette mit einem Kreuz, einem Anker und einem Herz. Dazu ein Zettel: **Glaube, Liebe und Hoffnung;** drei wichtige Worte- **die wichtigsten überhaupt! !**

HERZLICHEN GLÜCKWUNSCH ZU DEINEM 2. GEBURTSTAG...

Ich hab fast geheult. Wie recht sie doch hat!!

Essen, dösen, essen, dösen, und 3-mal am Tag die sehr anstrengende Bewegungstherapie! Ich selbst kann zwar nichts machen, aber da mein Körper sich gegen die Bewegungen wehrt, müssen die Therapeutinnen viel Kraft aufwenden, was mir regelmäßig den Schweiß ausbrechen lässt!

Und immer diese schlimmen Kopfschmerzen! Ich bekomme zwar regelmäßig eine Kurzinfusion mit Schmerzmittel, aber ich werde nicht mal annähernd schmerzfrei davon! Zwischendurch darf ich aber um Tropfen bitten, zusammen hilft das dann einigermaßen. An einem Tag will selbst diese doppelte Dosis nicht helfen! Da sagt ein Pfleger zu mir, er habe noch etwas Besseres. Auf meine Frage: was? Sagt er, er würde mir ein Opiat spritzen. Da schlagen bei mir alle Alarmglocken an. Auf meine Bemerkung, dass ich das nicht vertrage, meint er nur, dass er was für den Magen dazu gibt. Das lasse ich aber nicht zu. Besser die Schmerzen als auch noch diese schlimme Übelkeit dazu, das brauche ich nicht auch noch! Ich liege ständig im Bett und versuche, den Arm und die Finger zu bewegen. Ich will einfach nicht einsehen, dass das gar nicht geht! Und dann werden die Bemühungen doch belohnt: Ganz zaghaft zuerst, dann immer deutlicher bewegen sich die Finger! Der Arm ist zuerst immer noch schwer wie Blei, aber ich merke, dass ich ihn mit viel Anstrengung halten kann! Die Pfleger grinsen immer, wenn sie ins Zimmer kommen und mich üben sehen. Sie sagen, dass das bei meinen Bemühungen sicher bald alles wieder funktioniert! Ich versuche das gleiche auch beim Fuß und dem Bein zu erreichen, da klappt es aber nicht. Selbst die Bemühungen der Ergotherapeutinnen sind vergeblich, Bein und Fuß wollen einfach ihren Dienst nicht mehr verrichten! Jedes mal nach diesen vergeblichen Bemühungen, schießt mir die

Angst durch den Kopf, dass wir sicherlich in eine behindertengerechte Wohnung umziehen müssen! Mein Mann will davon aber nichts wissen, sagt ein ums andere Mal „das wird schon wieder"! Er kann meine Angst, wie mir scheint, nicht verstehen! Die Angst, den Rest meines Lebens im Rollstuhl verbringen zu müssen!

Im Bett mir gegenüber liegt ein älterer Mann, den es schlimm erwischt hat! Durch die starken Medikamente ist er ziemlich verwirrt, was dazu führt, dass er immer wieder versucht aus dem Bett zu klettern! Dann muss ich laut nach den Pflegern rufen, damit nichts passiert! Das ist zwar traurig, lenkt mich aber immer wieder für einige Minuten von meinem eigenen Schicksal ab!

Montag, 26.05.03: Station I 3, Zimmer 34!!! ENDLICH!!!

Alle kriegen eine SMS: „Hurra, ich lebe noch..." und freuen sich mit mir, dass ich es geschafft habe! Ein gutes Gefühl, wieder unter den Lebenden zu weilen!

Es ist aber nicht nur eitel Sonnenschein-meine Bettnachbarin ist ein bisschen sonderbar. Sie ist der Meinung, dass sie, die gut laufen und zur Schwester gehen kann, eine Glocke nötiger braucht als ich, die sich nicht aus dem Bett rühren kann. Ich hab nämlich ausgerechnet ein Bett bekommen, bei dem die Klingel kaputt ist! Ich bekomme dann von der Schwester eine drahtlose Klingel, so dass es mir doch möglich ist, mich bemerkbar zu machen.

Es ist auch schön zu wissen, dass Richard nicht nur Worte gemacht hat. Er ruft gleich heute, am ersten Tag auf Station an, um sich nach mir zu erkundigen. Er sagt auch, dass er die Praxis notfalls umbauen lässt, damit ich meine Ausbildung auch im Rollstuhl zu Ende bringen könnte. Er sagt aber auch, dass er davon ausgeht, dass das mit dem Bein wieder in Ordnung kommt!

Am Dienstag wasche ich mich das erste Mal am Waschbecken. Mit reichlich Hilfe geht das ganz gut! Die Ergotherapeutin fragt, ob ich im Speiseraum frühstücken möchte und ich stimme begeistert zu. Leider spielt meine Psyche dann auf einmal ziemlich verrückt! Statt mich zu freuen, endlich wieder im Speiseraum der Station essen zu können, fange ich an zu weinen, und die Ergotherapeutin muss mich wieder ins Zimmer bringen! Lag das wohl daran, dass ich am Tag der Ankunft genau an diesem Tisch noch ganz gesund gesessen habe? Denke schon, der Gedanke ist ziemlich bitter!

Später ruft Erika, die treue Seele, an. Obwohl es ihr selbst nicht so gut geht, ist sie immer für andere da!

Mittwoch machen wir die ersten Gehübungen am Barren. Genauer gesagt: Ich setze das linke Bein vor und die Physiotherapeutin setzt das rechte Bein mit ihrer Hand vor- ziemlich mühsam das

Ganze, aber es geht halt noch nicht anders!

Eine Woche später habe ich das erste Mal das Gefühl, das rechte Bein übernimmt Gewicht! Ich wage es kaum, danach zu fragen, ob das möglich ist. Könnte es tatsächlich sein, dass die Lähmung verschwindet und alles wieder gut wird? Ich sehne mich immer mehr nach Besuch! Dass auf Intensivstation niemand kam war klar, aber jetzt...

Mein Mann kommt zwar jeden Tag, und sogar Peter, der Liebe kommt einmal in der Woche nach der Arbeit vorbei, aber sonst niemand! Wissen die, die sich Freunde nennen denn nicht, was sie Kranken antun, wenn sie sagen sie kommen und kommen dann nicht?!?

Es scheint, es interessiert sich niemand mehr für mich, ich funktioniere eben nicht mehr! Es vergehen aber nur wenige Tage, an denen Richard aus Zeitmangel nicht anruft– für ihn ist das funktionieren offensichtlich zweitrangig! Er sagt sogar, dass er notfalls die Praxis umbauen lässt, damit ich meine Umschulung beenden kann! Toller Chef!

Mein Mann will mir eine Freude machen und mit mir zur Außenalster Eis essen gehen- geht aber noch nicht! Je näher die Straße kommt, desto mehr dröhnt es in meinem Schädel!

Schade.....

Am Wochenende wagen wir den Versuch, mit einem Laufwagen (der bis unter die Achseln reicht) auf der Station zu gehen und es klappt auf Anhieb! Alle, die das sehen, freuen sich mit mir!

Nur das Wetter macht mir immer wieder zu schaffen- der Kreislauf. Oder ist es die Psyche?

Mein Mann, der Arme, kommt jeden Tag, damit ich nicht allein bin.

Beim 3. Versuch, klappt es, über die Straße zur Außenalster zu gehen. Es ist laut und ziemlich anstrengend, aber das Eis ist köstliche Entschädigung...

Abends ruft Helga, die Liebe, an. Ich bin froh, dass wenigstens sie sich noch an mich erinnert!

Meine Mutter kommt am Montag mit ihrem Lebensgefährten und ist ganz erstaunt, wie gut es mir schon geht! Es ist unglaublich, aber sie kommt tatsächlich die 500 km quer durch Deutschland zu mir...

Ich zeig ihr auch gleich, dass ich es schaffe über die Straße zu kommen- mit Rolli natürlich und geschoben- um an der Alster Eis zu essen! Das mache ich gerne, das Eis schmeckt nämlich köstlich!

Ich kann jetzt mit Hilfe der Therapeutin den Flur entlang laufen.

Aber da der Fuß noch runterhängt, wird er mit Hilfe einer Binde am Knöchel fixiert. So geht das Laufen dann deutlich besser!

Ich möchte barfuß laufen, damit der Fuß den Untergrund besser spürt.

Nur Treppe gehen macht noch ziemliche Mühe, aber Übung macht ja bekanntlich den Meister!

Es ist schon sonderbar. Die Therapie ist zwar unglaublich anstrengend, aber ich möchte trotzdem ständig laufen üben! Ist eigentlich auch kein Wunder, ich konnte es ja auch eine geraume Zeit nicht!

Diese Woche entscheidet es sich, wann ich zur Reha gehe.

Ich bin schon sehr gespannt! Das ist dann wieder ein wichtiger Schritt zur Normalität, denke ich.

Die Ergotherapeutin versucht in dieser Woche mir bei zu bringen, dass ich in den Knien locker bleiben soll- sonst laufe ich wie ein Storch im Salat, sagt sie. Die hat gut reden, sie hat auch nicht das Gefühl, Pudding in den Beinen zu haben. Das ist doch der Grund, warum ich sie immer fest durchdrücke, um nicht zu straucheln! Immer wieder animiert sich mich dazu, mich tanzähnlich zu bewegen. Ich finde das ein bisschen sonderbar, trotzdem funktioniert es erstaunlicherweise! Ich merke: Tanzen ist Laufen- nur leichter! Das rechte Bein trägt jetzt das ganze Gewicht! So kann ich den ganzen Flur ohne Hilfe entlang gehen!

Nur bei der Treppe geht es noch nicht ohne Hilfe! Als ich mir sicher bin, dass das rechte Bein wirklich das ganze Gewicht trägt, will ich nicht mehr wegen allem klingeln. Also klettere ich aus dem Bett und nutze den Rolli als Gehhilfe, fahre zur Toilette. Rückwärts geht es dann leider nicht ganz so gut! Als ich ins Bett zurück klettern will, rutsche ich aus dem Bett und gehe langsam zu Boden. Das finden die Schwestern und Pfleger der Station nicht so gut.

Außerdem sagen sie das gleich meinen Therapeuten und die sind einigermaßen sauer!

Aber ich muss doch ausprobieren, wo meine Grenzen sind!

Jetzt soll ich aber nicht mehr alleine laufen, es könnten die Bänder überdehnt werden bei einem Sturz. Aber mit Rolli und meinem Mann, der auf mich aufpassen kann, darf ich einige Tage später sogar draußen ein bisschen laufen! Das ist ja sooooo anstrengend, man sollte es nicht für möglich halten! Und dann kommt in der letzten Woche meines Krankenhaus Aufenthaltes doch noch einer aus der Gemeinde: Unser Pastor Garde kommt mich besuchen, hat aber leider nicht lange Zeit– der Terminkalender! Helga kommt auch mal vorbei- wie schön! Sie bringt ihre Gitarre mit und wir machen Lobpreismusik. Eine Schwester kommt ins Zimmer und als sie die Musik, das singen hört, macht sie ganz leise die Türe wieder zu. Später spricht sie mich darauf an und sagt, dass ihr das gehörte sehr gut gefällt. Ich erkläre ihr, dass das Lobpreis ist, aber sie versteht es nicht- schade! Erika die Liebe, wollte auch kommen, aber die Hitze macht ihr zu sehr zu schaffen.

Am Wochenende sind unsere Freunde wieder da. Wir gehen dann ein großes Stück um die Außenalster. Genauer gesagt: Die Armen müssen mich abwechselnd schieben- ich brauche nur genießen!

Jetzt ist es amtlich: ich werde am 16.07. nach Soltau in die Reha- Klinik gebracht- mit dem Taxi!

Freitag kommt ein Neurologe zu mir, den ich noch nicht kenne. Er untersucht mich gründlich und dann sagt er, er gehe davon aus, dass der rechte Arm und die

Hand zu 100% wieder hergestellt werden, das rechte Bein zu 80%, der rechte
Fuß???
Helga und ihr Mann sind spontan vorbei
gekommen und es war mit den zweien
nett wie immer.
Am Samstag bekomme ich Stundenur-
laub und wir fahren zu unseren Freunden. Erst einkaufen und dann den ganzen Tag im Garten faulenzen- das gibt
neue Energie, die ich jetzt dringend
brauche! Montag, die letzten Stunden im
Krankenhaus. Das Namensschild von
meinem Rolli, die Binde, mit der Fuß
hochgebunden wurde– Schnee von gestern!
Statt um 9 Uhr geht es um 10 Uhr los-
der Arztbrief ist nicht fertig! Die Fahrt
nach Soltau verläuft reibungslos.
Aufnahme: Haus Ahorn, 5. Stock, Zimmer 505, 2- Bett Zimmer, das ich mit einer psychisch kranken Frau teile. Nach
dem Mittagessen, Gespräch mit der
Psychologin (das ist obligatorisch), später noch mit dem behandelnden Arzt.
Bereits am nächsten Tag hat die Routine
mich voll im Griff! Gleich um 6 Uhr -(vor
dem Wachwerden) -Blutentnahme, 7.30

Blutdruckmessen und wiegen, anschließend Frühstück Den ersten Termin– Krankengymnastik- habe ich um 9.20 Uhr. Die Psychologin testet am späten Vormittag, ob ich irgendwelche Ausfälle (Kurzzeit-, Langzeitgedächtnis, Kombinationsgabe, ...) habe. Sie sagt, dass sie mir gratuliert, es ist alles einigermaßen ok. Nur eine leichte zeitliche Verzögerung gibt es, außerdem kann ich mich nicht so lange konzentrieren, wie es sein sollte. Das liegt an dem Stress, dem das Gehirn ausgesetzt war/ ist.

Am Donnerstagabend ruft mein Mann- wie jeden Abend- an und berichtet, dass Ilse sich bei ihm gemeldet hat. Auf seine Frage, warum sie sich nicht mal bei mir meldet, sagte sie: „Ich weiß nicht, wie ich im Moment mit Gabi umgehen soll". Ich denke, das könnte auch der Grund sein, warum sich fast niemand aus der Gemeinde bei mir meldet. Wissen die denn nicht, dass nichts so schlimm ist, als sich überhaupt nicht zu melden?!?

Abends ruft Helga, die Liebe, an. Ich bin froh, dass wenigstens sie sich noch an mich erinnert!

Am Wochenende ruft meine Mutter wieder an und sagt, dass sie und ihr Lebensgefährte am übernächsten Wochenende kommen- echt toll!

Freitag fällt es mir schwer, auf zustehen. Ich bin hundemüde wegen den Schlafunterbrechungen meiner Bettnachbarin. Sie wacht jede Nacht um 4Uhr auf, dann fällt ihr ein, dass sie irgendetwas suchen muss- nur leider weiß sie nie was es ist! Dann versuche ich sie zu beruhigen und sage ihr, wir suchen morgen gemeinsam, das klappt meistens.

Es gibt hier abends verschiedene Aktivitäten an denen man teilnehmen kann. Es bleibt einem auch nichts anderes übrig, wenn man nicht den ganzen Abend im Zimmer verbringen möchte! Dadurch finde ich so langsam etwas Anschluss...

Samstag auf Sonntag bekomme ich Urlaub- wegen Ausschlafen! Es tut mir sehr gut, mal wieder in meinem eigenen Bett zu schlafen, und das so lange ich möchte. Nachmittags fahren wir nach Lüneburg um ein bisschen zu bummeln. Leider dauert das Vergnügen nicht lange, ich bin ziemlich schnell ziemlich kaputt. Trotzdem habe ich den Tag sehr genossen! Den Sonntag genieße ich in vollen Zügen: Ausschlafen, gaaanz ausgiebig Frühstücken, im Garten in einem Liegestuhl liegen, noch ausgiebiger baden,... Um 18.30 muss mich mein Mann dann zurück bringen, leider!

Montag ist Chefvisite und die Psychologin reitet ständig darauf herum, dass ich zu ungeduldig bin. Ich denke aber, dass zwischen Ungeduld und Zielstrebigkeit ein Unterschied ist! Wenn ich nicht genau wüsste, was ich will, wäre ich bestimmt noch nicht so weit!

Die Krankengymnastin bestellt eine Laufschiene beim Orthopädie Mechaniker, damit soll ich dann auch schrägen und unebenes Gelände laufen können!

Helga, meine liebe Freundin, konnte sich Zeit nehmen, mich zu besuchen, welche Freude, sie wieder zu sehen. Wir quatschen und quatschen und die Zeit vergeht wie im Fluge.

Ich verbringe das Wochenende zuhause, und es ist wieder so schön wie das vorige Wochenende, nur zu kurz! Diesmal darf ich sogar schon ab Freitag nachhause. Mein Sohn hat Schulabschlussfeier und ich will da unbedingt mit hin! Er musste die ganzen letzten Monate Rücksicht nehmen, jetzt will ich mal für ihn da sein!

Unsere Freunde sind auch hier und so albern wir mal wieder herum, so wie immer! Das tut gut, lässt den Fuß, der noch nicht so ganz will, für eine Weile vergessen.

Aber irgendwie merke ich dann doch, dass die Luft raus ist. Selbst dass das Bein immer besser funktioniert, interessiert mich nicht wirklich! Ich merke auch, dass der Fuß nach wie vor nicht kontrolliert zu bewegen ist, obwohl ich immer trainiere!

Und dann meldet sich Ilse doch noch bei mir. Das hat sie wohl einige Überwindung gekostet. Deshalb rechne ich es ihr umso höher an!

Es war dann auch ein sehr nettes, aufbauendes Gespräch mit ihr!

Sonst hab ich diese Woche nicht so viele Anwendungen!

Es fällt auf, dass die Psychologin und auch der Arzt ziemlich überrascht sind, dass ich keine größeren Ausfälle im Gehirn habe! Bin gespannt, was die Ärzte am Montag bei der großen Visite sagen, wann ich nachhause kann...

KEINE VERLÄNGERUNG!

Bin ich froh- nach 7 Wochen wird es auch langsam Zeit! Die Ärzte sagen, dass eine Verlängerung zum jetzigen Zeitpunkt keinen Sinn macht. Sie sagen aber auch, dass sich der Fuß auch nach einem Jahr noch erholen kann! Darauf baue und vertraue ich!

Zu Hause......

Ich dachte, ich würde Purzelbäume schlagen, vor lauter Freude- statt dessen muss ich dauernd aufpassen, dass ich nicht weine! Mein Mann nimmt mich dann immer ganz lieb in den Arm, aber ich will ihn nicht noch mehr belasten. Er hat in den letzten Wochen so viel durch machen müssen! Irgendwie ist das alles noch nicht so wirklich real! Bin ich zuhause? Bleib ich zuhause? War alles nur ein Traum?

NEIN!!

Es war leider kein schlechter Traum! Alles real, alles Wirklichkeit! Das will erst mal verarbeitet werden! Aber WIE verarbeitet man so etwas? Keine Ahnung!

Am Wochenende sind meine Mutter und ihr Lebensgefährte da. Sie sind sehr rücksichtsvoll. Ewald sagt immer wieder, was ich doch für Fortschritte gemacht habe, seit er mich das letzte Mal gesehen hat! Er hat recht! Ich sehe immer nur den Fuß, der noch nicht so will! Stattdessen sollte ich froh sein, dass alles schon so gut geht!!

Ich wäre froh, wenn so allmählich der Alltag wieder einkehren würde, aber ich werde in jeder Situation an die letzten Wochen und die vorausgegangene OP erinnert! Es geht so vieles noch nicht wirklich gut! Flasche aufdrehen, die Kraft fehlt in der rechten Hand; Treppe steigen; geht ohne Stock als Hilfsmittel überhaupt nicht; und so könnte ich weiter aufzählen...

Außerdem hätte ich vermutet, dass meine Psyche jetzt endlich aufhört, verrückt zu spielen! Aber weit gefehlt!

Ich denke manchmal, dass es jetzt noch schlimmer ist, als vor der Op. Oder hab ich diese Zeit schon so gründlich verdrängt, dass ich keine reale Erinnerung mehr an diese Zeit habe? Ich hatte erwartet, dass ich diese ganze Sache irgendwie ad Acta legen könnte, dass das funktioniert, wie bei einer schweren Prüfung: man hat erstmal riesige Angst davor, aber wenn man sie hinter sich hat, vergisst man sie auch ganz schnell!

Einige Tage nach meinem Heimkommen, fängt die ambulante Krankengymnastik an. Die Krankengymnastik „nach Bobart" lässt sich gut an! Das ist fast so, wie im Krankenhaus die Ergotherapie. Das macht schon Mut, die hat ja auch sehr gut geholfen!
Wir wollen Mittwoch nach Bayern fahren, meine Mutter hat Geburtstag! Vor der langen Fahrt graust es mich zwar ein bisschen, aber ich freue mich auch darauf! Endlich mal raus, weit weg, vergessen... Leider ist es dann so heiß, dass an diese lange Fahrt überhaupt nicht zu denken ist. Ich kann im Moment weder Sonne auf dem Kopf noch größere Hitze gut vertragen!
Ich muss ständig daran denken, was wohl die Zukunft bringt!
Und ständig schwanken meine Gefühle zwischen Hoffen und Bangen....

Die Operation ist nun schon mehrere Monate her.
Die Hoffnung, dass ich das alles schnell hinter mir lassen könnte hat sich nicht erfüllt!

Mittlerweilen habe ich mich fast schon daran gewöhnt, dass meine Psyche immer noch so sonderbar reagiert!

Wie vor der Op, eher noch empfindlicher!

Ich bemerke aber immer öfter, dass meine Umwelt ziemlich genervt reagiert!

Leute schauen mich mit einer Mischung aus Mitleid und Nicht- Verstehen an!

`Kannst du das nicht endlich vergessen?

Die Op ist schon lange vorbei!

Du musst endlich aufhören, daran zu denken, und erst recht davon zu reden!

Wie soll man dich denn noch verstehen?

Am Anfang, ja, da war es klar, dass du down warst, aber jetzt?

Irgendwie reicht es jetzt, geh endlich wieder zur gewohnten Tagesordnung über!

So oder so ähnlich kann ich es in einigen Gesichtern lesen!

Die Frage ist nur:

WO ist meine gewohnte Tagesordnung?

WO ist das alles, was mir früher so wichtig war?

Ich suche und suche, und finde doch nichts Altvertrautes mehr!

Es ist mir klar, dass es niemand böse meint, wenn er sagt, es ist doch alles ok!

Andere können den Ist- Zustand eben nicht verstehen- ich verstehe ihn ja oft selbst nicht! Ich muss wohl akzeptieren, dass es ein Leben vor der Krankheit, und eines danach gibt.

Und diese zwei Lebensabschnitte haben nicht mehr viel miteinander gemeinsam!

Je eher ich das akzeptiere, desto besser für mich!

Es bliebe aber noch eine Frage:

Was habe ich aus dieser schweren
Zeit gelernt?

Der Kontakt zu anderen Menschen–
Freunden– ist gerade in so einer Zeit sehr
wichtig!
Man sollte sich nicht zu sehr darauf ver-
lassen, dass man weiß, wie der Lebensweg
weitergeht!
Die Gesundheit und die Liebe sind das
Wichtigste im Leben!

Wie es weiter geht?
Ich weiß es nicht!

Ob ich meine Ausbildung zu Ende
bringen kann?
Ich weiß es nicht!

Ob sich mein Fuß ganz erholt?
Ich weiß es nicht!

Ich weiß nur eines:

ICH WILL LEBEN

2ter Teil:

Und es wird nie vorbei sein...

Warum ich diesen zweiten Bericht aufschreibe?

Weil mir bewusst wurde, dass der Gehirntumor, die entnervende Wartezeit und die durchgemachte Op. weder körperlich noch psychisch wirklich hinter mir liegen!

Ganz im Gegenteil!

Ich fürchte, es wird auch nie so richtig vorbei sein!

Ich merke, dass diese ganze Sache- die doch längst Vergangenheit ist- noch unglaubliche Auswirkung auf mein gesamtes Leben hat!

Da ich aber dem irrigen Glauben aufgesessen war, alles sei ok, hab ich auch nichts dagegen unternommen.

Warum sollte ich auch??

Es läuft doch alles wie geschmiert!

Und auch für alle anderen ist es ganz logisch, selbstverständlich, dass alles vorbei ist!

Es hat vorbei zu sein!!

Genauso ist es und so will ich es!

Alles ist ok!

Das normale Leben kann weiter gehen....

Hm...Was ist eigentlich DAS NORMALE LEBEN??

Gibt es so was noch?

Und wenn ja- WO ist es?

WIE ist es?

WIE und WO finde ich es wieder?

Wer hat mir das weggenommen?

Oder hab ich mir das selber weggenommen?

Oder wegnehmen lassen?

Oder gibt es etwa eine ganz andere, einfache Erklärung?

Was für ein Gefühlschaos....

Reagiere ich etwa immer noch so unlogisch und hypersensibel wie in der Wartezeit vor der Op?
Und wenn ja, warum?
Ist das denn nie vorbei?
Die Op. ist doch schon so lange her!
Na ja, zumindest nach meinen Maßstäben...
Ich schaffe es irgendwie nicht, zu akzeptieren, dass es ein schwerer Eingriff in Psyche und Körper war!
Irgendwann ist mir DAS dann doch klar, dann habe ich auch keine Lust mehr, mich von diesen Auswirkungen tyrannisieren zu lassen!
Ich will mir von einer Krankheit- genauer gesagt einem Überbleibsel davon- nicht meinen Tagesablauf und schon gar nicht meinen Seelenzustand vorschreiben lassen!!
Das kommt gar nicht in Frage!!!

Aber leider kommt es doch (noch) in Frage, weil es mir viel zu spät bewusst wird!

...Deshalb ist der Zusammenbruch auch vorprogrammiert…

Aber alles der Reihe nach …

Als ich den ersten Teil des Buches `In einem Sommer wie diesem` beendet habe, denke ich `nun muss ich nur noch warten, das Restliche kommt von alleine! Ich habe schon so viel geschafft, der Rest ist ein Klax`! Ich funktioniere, bin wie vorher für alle da. Immer bemüht, das alles, was hinter mir liegt, zu vergessen. Mal fällt es mir leichter, mal denke ich, dass ich das nie schaffe- aber ich mache immer so weiter!
Mein Arzt bestätigt mir, dass ich wieder einen geregelten Tagesablauf brauche. Also fange ich am 1. September mit der Wiedereingliederung an. Was für ein schönes Wort! Es bedeutet aber schlicht

und ergreifend, dass man sich nach län-
gerer Krankheitspause daran gewöhnt
wieder zu arbeiten und einen durch die
Arbeit geregelten Tag zu überstehen!
Das Ganze dann auch noch ohne Lohn,
denn es gibt weiterhin Krankengeld.
Ich fange also wieder an zu arbeiten, zu-
nächst 2 Stunden täglich.
Wie ich mich darauf freue, wieder bei
meinen Mädels in der Praxis zu sein!
Diese Freude währt aber leider nicht
lange! Ich merke sehr schnell, dass es
etwas anderes ist, ob man spazieren
geht, oder in der Praxis Leistung bringen
muss! Aber die Kolleginnen sind super
nett und entlasten mich wo sie können.
Mehr noch, sie passen sogar auf, dass
ich mich nicht übernehme, als sie merken, dass ich dazu neige!
So kommt es also, dass mein Mann mich
täglich zur Praxis fährt, und nach 2 Stunden wieder abholt. Es sei denn, ich
merke früher, dass nichts mehr geht, und
das geschieht Anfangs ziemlich häufig!
Und bei allem, was ich tue, der Gedanke:
`Ich will die Umschulung nicht verlieren!

Ich muss das Schaffen`! So kommt es, wie es kommen muss: Ich gehe viel zu früh wieder in die Berufsschule, und erleide eine herbe Bauchlandung! Soll heißen: ich sitze 5 Schulstunden da und pauke und büffle, weiß hinterher allerdings genauso viel wie vorher- nur dass ich halb tot nachhause gefahren werden muss!

`Aha, das ist es also nicht, wie ich vorgehen soll`, muss ich mir schmerzhaft eingestehen!

Aber wie denn bitte dann?!? Ok, ich muss wohl für den Anfang akzeptieren, dass ich bei weitem nicht mehr dieses gute Gedächtnis wie früher besitze.

Auch geistig- und vor allem körperlich- bin ich bei weitem nicht mehr so leistungsfähig wie vor der Op!

Aber was soll ich denn nun tun? Soll ich abbrechen? Oder soll ich auf später hoffen? Ich weiß es nicht und verschiebe deshalb diese Entscheidung.

Es kostet auch schon genug Kraft, in der Praxis einigermaßen klarzukommen und mitzuhalten! Anfangs ist das alles so schwer für mich, dass ich mich- kaum aus der Praxis zu hause auf das Sofa packe, und sofort einschlafe…

Es dauert mehrere Wochen, bis ich so einigermaßen Tritt gefasst habe. Aber wenn ich denke, das geht nun ja schon ganz gut, und damit hat sich das, dann irre ich mich in meinem Chef ganz gewaltig! Eines Tages sagt er: „Nun wird es Zeit, dass wir die Stunden raufsetzen- du willst ja weiter kommen". Ich würde gern protestieren, und sagen, dass das *viel* zu früh ist. Ich unterlasse es aber- er hat ja recht!

Kann es sein, dass mein Wille, das alles in den Griff zu bekommen, einen gewaltigen Knacks bekommen hat? Aber wie kann so etwas denn geschehen? Keine Ahnung, es scheint aber so! Es ist alles so unglaublich anstrengend, dass ich am liebsten nur noch auf dem Sofa liegen, und das Haus überhaupt nicht mehr verlassen möchte! Aber eine Lösung meines Problems ist *das* natürlich nicht!

Also fange ich im November mit 3 Stunden Wiedereingliederung an- genauer gesagt, so ist es angedacht! Aber es dauert noch eine geraume Zeit, bis es wirklich soweit ist, dass ich diese 3 Stunden jeden Tag schaffe! Aber das schlimmste: von Tag zu Tag, von Woche zu Woche werde ich empfindlicher und unausgeglichener.

`Was ist denn nur los? Es geht doch nun endlich aufwärts -zumindest körperlich`! Aber in meinen Gefühlen, meiner Psyche, geht es drunter und drüber...

Ich ertappe mich dabei, wie ich unglaublich empfindlich auf Kolleginnen und auch auf Freunde reagiere, wenn die was sagen, was auch nur im *Ansatz* gegen mich gemeint sein könnte! Was ist denn nur los? Das Warten auf die Op liegt doch *so* lange zurück! Und auch die Op selbst liegt lange hinter mir!

ABLENKEN, ja, ablenken ist gut, das geht sicher bald vorbei!

Ich finde ziemlich schnell heraus, dass das Medium Internet einem beim Vergessen (Verdrängen) hilft. Von Stund an gehe ich- wann immer sich Nachdenklichkeit in mir breit machen will- zum Chatten ins Internet. Man kann da so schön Smalltalk betreiben. Es sind Fremde, mit denen man über Belanglosigkeiten reden kann. Man lacht mit ihnen über Dinge, die eigentlich nicht zum Lachen sind, diskutiert über Dinge, die einen nicht wirklich interessieren.

Aber dann kommt ein Tag, an dem ich plötzlich und aus heiterem Himmel dieses Spiel nicht mehr zu beherrschen scheine! Ich gehe- wie so oft in der letzten Zeit– online, um mich abzulenken. Und dann geschieht es: Ich kann auf einmal nicht mehr lachen und albern sein, finde keine der Witzeleien mehr lustig! Ich fange an (was als größtes Vergehen online angesehen wird) zu zeigen, dass es mir schlecht geht...

Die Reaktionen kommen natürlich prompt: Die Einen sagen ganz klar "Wenn du so mies drauf bist, solltest du den Chatraum verlassen, und erst wieder zurück kommen, wenn es dir besser geht". Die anderen heucheln so was wie

Verständnis vor. Aber ist es nicht klar, dass es nicht ernst gemeint sein kann? Wie sollte es auch, keiner weiß, was ich hinter mir habe! Aber immerhin, sie beleidigen mich wenigstens nicht, so wie die anderen!

Und dann geschieht etwas vollkommen Unerwartetes: Es öffnen sich 2 Teles (ein Tele ist so etwas wie ein privater Raum, in dem nur das direkte Gegenüber lesen kann, was der Andere schreibt)

Es melden sich zwei Frauen bei mir. Die eine fragt, was denn los ist, sie kennt mich so ja gar nicht! Ich bin doch immer so fröhlich und habe immer ein offenes Ohr für die Sorgen der andere! Ich denke `sie macht sich mehr Sorgen darüber, dass ich für *sie* auf einmal kein offenes Ohr mehr haben könnte. Meine eigene Stimmung, und wie schlecht ich mich im Moment fühle, ist ihr wohl ziemlich egal`. Deshalb sage ich auch: „Es ist nichts schlimmes, morgen ist alles wieder ok."

Aber das 2. Tele hat es in sich! Da spricht (bzw. schreibt) mich eine Frau an, mit der ich zuvor kaum 3 Worte gewechselt hatte.

Sie schreibt zuerst, dass ich mich nicht wundern soll, dass sie mich antelt, aber sie habe den Eindruck, dass es mir gerade ziemlich mies geht.

`*Und wie mies*`, denke ich!

Und wieder mal merke ich, wenn es um dieses Thema geht, füllen sich meine Augen mit Tränen. Und ebenfalls wie jedes Mal, werde ich über mich selbst sauer! Erst dieser Ausrutscher im Chatraum, und nun das! Und das schlimmste ist, es scheint, dass diese unbekannte Frau ganz genau spürt, was los ist mit mir!

Sie schreibt auch prompt: „Du, wenn du jetzt weinen musst, ist das ganz ok! Mir ging es damals genauso". „Damals"? frage ich und bin froh, dass sie meine Tränen nicht sehen kann. „Ja" sagt sie, „Mir scheint, dass du was schlimmes hinter dir hast! Ich hatte vor 6 Jahren Brustkrebs und mir wurde eine Brust amputiert. Ich war damals genau so empfindlich wie du, musste ständig weinen und ganz neu lernen, mit den Gegebenheiten umzugehen. Ich wollte alles auf einmal machen, obwohl doch fast nichts ging, und hab dann auch auf jeden und alles empfindlich reagiert."

Und sie erzählt sehr viel über ihre eigenen Ängste und Sorgen von damals, und wie gut sie mich doch verstehen kann! Und das, obwohl sie noch nicht mal weiß, warum es mir so geht!

Ich kann wohl nie wieder aufhören zu weinen!

Von ihr kommt immer wieder zwischendurch die Aufmunterung „weine ruhig, ich gehe nicht aus dem Tele, bis wir zu Ende geredet haben".

Wie gut dieser Satz tut! Aber genau *das* habe ich bisher krampfhaft zu vermeiden versucht! Vor allem will ich nicht, dass jemand anderes mitbekommt, dass, und wie oft ich weine!

So kommt es, dass sie fast nur schreibt und ich fast nur heule! Aber nach einiger Zeit, in der ich das Verständnis dieser bis dahin fremden Frau genießen darf, geht es mir tatsächlich besser, und ich bin auch wieder fähig, zurück zu schreiben.

Ich schreibe mir die ganze aufgestaute Angst, Hilflosigkeit und Wut- *ja, Wut-* von der Seele!

Ich bin wütend, ohne so genau zu wissen, worauf oder auf wen! Ich denke, ich bin vor allem auf mich selbst wütend, dass ich es so weit habe kommen lassen! Es hätte mir doch von Anfang an klar sein müssen, dass ich das Geschehene nicht einfach unter den Tisch kehren kann! *`Schwamm drüber, das liegt hinter mir, vorbei, vergessen, das hat nichts mehr mit heute zu tun`!* Vergiss es!

Und wie viel es noch mit heute zu tun hat! Ich hab es zwar in den letzten Monaten erfolgreich geschafft, den ganzen Alltagsmüll über der Angst zu verteilen, aber es hat ja nur von den Tatsachen abgelenkt. Der Tatsache des überempfindlich seins, den Ängsten, die mich immer noch plagen, den Schlafstörungen, die man nicht mehr erklären kann, und so weiter.

Nach einiger Zeit- ich denke, es hat sicherlich eine Stunde oder länger gedauert- fühle ich mich ganz gespalten. Einerseits bin ich wie ausgebrannt vom vielen weinen, andererseits fühle ich mich total erleichtert. Ich habe das erste mal- und dazu auch noch einer mir bis dahin vollkommen fremden Person- meine Geschichte und von meinen Gefühlen erzählt! Ich ging dabei auch nicht wie die Katze um den heißen Brei, sondern schilderte die ganze unsägliche Angelegenheit in allen Einzelheiten. Auch Begebenheiten, mit denen ich mich nicht unbedingt rühmen kann! Ich schildere ihr z.B. auch, wie ich gejammert habe, als ich dachte, dass ich nie mehr aus dem Rollstuhl aufstehen würde! Dass ich am liebsten gleich eine behindertengerechte Wohnung anmieten wollte!

Und was jetzt?

Ich habe es ja nun geschafft, eine wildfremde Frau mit meinen Sorgen und Nöten zuzutexten, die wird in Zukunft kein einziges Wort mehr mit mir reden!

`Schade ist das schon` denke ich, `sie ist ja doch sehr nett und verständnisvoll`.
Ja, *verständnisvoll* ist das richtige Wort! Sie sagt nämlich (bzw. schreibt) „Weißt du, wenn du mal jemanden zum quatschen brauchst- so vis-a-vis dann komm doch einfach mal vorbei. Wir könnten uns so ein richtig gemütlichen Frauenwochenende machen."
Nun weiß ich erst mal nicht, was ich antworten soll. Am liebsten würde ich ihr schreiben. "Klar machen wir das, wann darf ich vorbei kommen?" Aber ich sage lieber nichts! Man kennt das ja, das machen viele Leute so! Sie sagen, man könne sich auf sie verlassen, oder man könne jederzeit vorbei kommen, aber ernst gemeint ist das doch nie!
Ahnt diese Frau (wie heißt sie eigentlich, ich kenne noch nicht mal ihren Namen) meine Gedanken? Sie reagiert nämlich auf meine Sprachlosigkeit prompt und sagt: "Na? Traust du dich nicht? Kann

ich verstehen! Aber sei dir sicher, ich meine es ernst!"

Tolle Frau!

Und ich bin das erste mal seit langem spontan und sage ihr, dass ich das als Einladung auffasse, und diese gerne annehme! Oh ja, und wie gerne! Daraufhin schreibt sie ein „lach", und fragt auch gleich, wann wir das Besprochene in die Tat umsetzen wollen. „Na ja", schreib ich, „ich muss erst mal meinen Mann fragen, ob das für ihn ok geht".

Gesagt, getan.

Seine Antwort ist: „Das tut dir sicher gut, wenn du mal raus kommst, mach das ruhig!"

TOLL!!!

Wie ich mich auf diese gänzlich unbekannte Frau freue!

„Ich heiße übrigens Margarete", schreibt sie im nächsten Satz „ich glaube, wir haben uns noch nicht mal vorgestellt." Ich muss lachen, dass uns beiden das erst so spät aufgefallen ist. Na ja, die ganze

Zeit ging es ja eigentlich ums Kranksein. Meinen Namen sag ich ihr natürlich auch gleich. Wir machen aus, dass ich bereits am kommenden Wochenende zu ihr fahre!

Und auf einmal fällt mir auf, dass ich überhaupt keine Spur von Traurigkeit mehr in mir habe! Ich fühle mich seit langem mal wieder völlig ausgeglichen und entspannt! Das verspricht ein gutes, hilfreiches und interessantes Wochenende zu werden. Wir werden den ganzen Tag nur reden und lachen, reden und lachen…

Ich bin schon ganz aufgeregt, weil ich ja nicht so ganz genau weiß, was mich da erwartet. Es könnte ja auch sein, dass Margarete sich im Tele vollkommen verstellt hat!

Ich mache mich also am Freitag- nicht lange nach Arbeitsschluss- mit der Bahn auf den Weg. Wenn ich ehrlich bin, hab ich schon einen dicken Kloß im Hals! Werde ich die (genau beschriebene)

Haltestelle finden und auch nicht verpassen? Wie wird sie mich empfangen? Vielleicht können wir uns ja gar nicht ausstehen, wenn wir uns sehen!

Ich bin ziemlich nervös…

Aber als sie mir auf dem Bahnsteig dann mit ausgestreckten Armen entgegenkommt, ist alles ok! Da hat sich die ganze Sorge- ob das Wochenende wohl gut läuft- wie von selbst erledigt! Es ist gerade so, als ob wir schon Freundinnen wären. Nun freue ich mich richtig darauf, bei ihr zu sein! Damit fällt auch die ganze Anspannung von mir ab und ich fühle mich rundum gut! Margarete nimmt wie selbstverständlich den Koffer und zeigt mir den Weg zum Bahnhofsausgang. Nicht weit entfernt hat sie geparkt, und mit einem Fingerzeig aufs Auto sagt sie schelmisch grinsend: „Nicht schön, aber selten". Da müssen wir beide erst mal herzhaft lachen.

Der Weg vom Hauptbahnhof Bremerhaven zu ihr nach Hause ist nicht weit, und so sind wir schon nach wenigen Minuten da. `Boa`, denke ich, `geschafft`. „Ich wusste gar nicht, dass Bahn fahren so anstrengend sein kann", sage ich Margarete, als sie mich mustert, „du brauchst dir aber keine Sorgen zu machen, mir geht es gut". Ja, tatsächlich, es geht mir wirklich gut, und das trotz der überstandenen Strapazen! Sie glaubt mir aber wohl nicht so ganz und sagt resolut: „Ich gehe jetzt in die Küche Teewasser aufsetzen, und du legst dich ein bisschen aufs Sofa. Ich glaub dir schon, dass du dich ok fühlst, aber so eine Reise ist trotzdem recht anstrengend, das wirst du erst merken, wenn die Anspannung nachlässt." Und damit schiebt sie mich schon zum Sofa und breitet ne Decke über meine Beine.

`Wie eine Glucke`, denke ich, und muss natürlich aufpassen, dass ich nicht anfange zu grinsen. Ich will Marga ja nicht verletzen, sie meint es nur gut! *Wie gut,* merke ich wenige Minuten später, bzw.

ich denke, es ist erst wenige Minuten später. Ich war tief und fest eingeschlafen, und hatte eine Stunde lang nichts mitbekommen. Als ich zu mir komme steht der Tee schon lange auf einem Stövchen und Margarete schaut schmunzelnd in meine Richtung. Sie sagt aber nichts, nur, dass der Tee fertig ist.

Nun geht es mir *wirklich* gut und ich schlürfe meine erste Tasse Tee voller Genuss. Es dauert auch nicht lange, und wir sind mitten drin, in dem unvermeidbaren Thema, und ich sitze heulend in Margaretes neben ihr auf dem Sofa. Aber mir fällt auf, dass es dieses mal ein anderes weinen ist! Es schmerzt nicht, mir krampft sich nicht der Magen dabei zusammen. Es hat den Anschein, dass dieses weinen raus muss!

Und dann bemerke ich auf einmal, dass ich wieder richtig tief durchatmen kann.

Nach der Op hatte ich öfters das Gefühl, nicht richtig atmen zu können. Gerade so, als ob die Lunge zusammengedrückt wird, jemand auf meinem Brustkorb sitzt, oder ein eisernes Band um meine Brust liegt!

Ich dachte immer, das sei ein Überbleibsel von der Op. Die hatten den Tubus zum Beatmen nicht so einfach in die Luftröhre bekommen.

Welch ein Irrtum!

Es ist ganz eindeutig schon nach wenigen Minuten zu merken, dass das mit der Op nicht das Geringste zu tun hatte! So im Nachhinein denke ich, dass dieses schwer- Luft- bekommen psychisch bedingt war. Ich hatte mich viel zu lange geweigert, das Geschehene und Gewesene an mich rankommen zu lassen. Ich wollte einfach nicht darüber nachdenken! Schon gar nicht darüber, ob das wohl Auswirkungen auf mein Leben haben könnte! Aber ich denke, der erste Schritt in die richtige Richtung ist getan! Ich rede darüber, und zwangsläufig beschäftige ich mich nun auch damit.

An diesem Abend- oder genauer gesagt in dieser Nacht- reden wir noch lange und sehr ausführlich über den Gehirntumor und die Op. Aber nicht nur. Wir finden auch immer wieder Themen, über die wir beide gleichermaßen lauthals lachen können! Und als wir uns dann doch endlich entschließen zu Bett zu gehen, ist es schon sehr früh- so gegen 4.30Uhr…

Ich kann nicht behaupten, dass ich zu diesem Zeitpunkt besonders müde wäre- ganz im Gegenteil- ich fühle mich regelrecht aufgekratzt. Aber dann hab ich doch lange geschlafen. Es scheint, dass der gestrige Tag anstrengender war, als ich es bemerkt hatte! Ich hab seit langem mal wieder das Gefühl, richtig gut ausgeschlafen zu haben.

„Guten Morgen, wir bekommen später Besuch!" werde ich von Margarete empfangen. „Ach" ist alles was ich raus bekomme. Ich denke, dass ich in diesem Moment ziemlich dumm aus der Wäsche schaue- zumindest deutet Margas Gesichtsausdruck das an. Sie grient und sagt, dass ein ganz lieber Bekannter vorbei kommt und erzählt, dass Detlef-

so heißt er- auch eine schwere Erkrankung hinter sich bringen musste. Auf meine Nachfrage sagt sie: „Er hatte einen Schlaganfall". Nun schlucke ich erst mal und schlüpfe schnell aus dem Zimmer mit dem Hinweis „Ich geh unter die Dusche". Ich will nicht, dass sie merkt, dass mir die Tränen in die Augen steigen! `Dann hat der arme Kerl ganz ähnliches durchmachen müssen wie ich`, denke ich, als ich alleine bin. Nun aber endlich unter die Dusche und dann frühstücken, mir knurrt schon der Magen!

Als ich zurück ins Wohnzimmer komme, wundere ich mich, dass der Tisch für 3 Personen gedeckt ist. Margarete bemerkt meinen verdutzten Gesichtsausdruck und erklärt mir, dass Detlef jederzeit da sein kann. Jetzt werde ich richtig nervös! Ich kenne Marga ja noch nicht richtig, und nun kommt noch ein mir völlig Unbekannter! `Bisschen viel auf einmal`, denke ich!

Wieder scheint Marga meine Gedanken zu erraten und meint nur leichthin: „Du, der ist sehr nett! Ich hab ihm schon von dir erzählt, und er freut sich darauf, dich kennen zu lernen! Ich habe ihm auch gesagt, dass dir diese ganze Sache mit dem Tumor und der Op. immer noch sehr zu schaffen macht. Daraufhin meinte er, dass du wohl bisher versäumt hast, das Geschehene zu aufzuarbeiten!"

`Was soll das` denke ich` der kennt mich noch nicht mal, und redet so über mich`? Und– schwupps, bevor ich mich versehe, hab ich diesen Satz auch schon ausgesprochen.

Wie so oft grinst Marga nur, und sagt, dass ich mit meinem Reden manchmal wohl sehr spontan bin! Ich werde feuerrot, aber insgeheim muss ich ihr Recht geben! Kann schon sein, dass dieser Unbekannte mehr von dieser Situation versteht, als mir Moment lieb ist! Hab mich ja bisher erfolgreich dagegen gewehrt, über alles nachzudenken!

Noch bevor ich diesen Gedanken richtig zu Ende gedacht habe, klingelt es an der Haustüre und Detlef ist da. Er kommt mir lächelnd und mit ausgestreckter Hand entgegen.

Noch bevor ich meine Sprache wieder gefunden habe, sagt er: "Hallo Gabi, ich freu mich, dich kennen zu lernen!" Mein erster Gedanke: Der scheint wirklich nett zu sein!

In diesem Moment weiß ich, dass ich mich nicht nur freue, ihn kennen zu lernen, mehr noch, ich habe gar keine Angst mehr, mit ihm über das, was hinter mir liegt, zu reden! Ich fange einen verständnisvollen Blick von ihm auf, der signalisiert, dass er meine Nervosität verstehen kann, und das macht mir Mut. Ich lächle ihn gleich dankbar an, was er seinerseits mit einem Lächeln und einem Augenzwinkern quittiert.

Ich denke, wir spüren in diesem Moment beide, dass das der Beginn einer Freundschaft sein könnte! Ein schönes Gefühl, nun schon den zweiten Menschen kennen zu lernen, mit dem ich mich- auf den ersten Blick sozusagen- gut verstehe! Nun setzen wir uns erst mal an den gedeckten Tisch und frühstücken- natürlich nicht ohne uns rege zu unterhalten.

Und je länger wir drei reden, desto mehr wird gelacht. Wie schön das ist, mal wieder einfach nur albern sein zu können!

Dann fällt mir auf, dass Detlef mich immer wieder verstohlen mustert.

Warum er das tut? Keine Ahnung! Aber er hat natürlich bemerkt, wie argwöhnisch ich anfänglich geschaut habe.

Deshalb sagt er mir auch, dass er sich freut, dass ich mich nun offensichtlich schon ganz gut entspannen kann!

Dass ihm mein anfängliches Misstrauen aufgefallen ist, erstaunt mich schon. Aber was mich noch mehr erstaunt, ist, dass er Recht hat! Ich habe das selber gar nicht bemerkt, dass die anfänglichen Vorbehalte weg sind! Deshalb sage ich schnell: "Klar kann ich! Wir lachen und albern ja auch die ganze Zeit herum" und zwinkre ihm zu.

In diesen Minuten geht es mir fantastisch! Ich habe gut geschlafen, sitze hier mit angenehmen Menschen beim Frühstück und kann mich nett unterhalten.

Nach dem Frühstück fragt Detlef auf einmal: „Möchtest du mir von deiner Krankheit erzählen? Ich weiß von Marga, dass du noch sehr darunter leidest! Offensichtlich genau so, wie ich damals, als ich den Schlaganfall hatte".

Hm, eigentlich möchte ich jetzt aber gar nicht über dieses Thema reden, dafür fühle ich mich gerade viel zu wohl!

Aber es kommt natürlich, wie es kommen muss: Mir steigen prompt Tränen in die Augen.

Und so schnell, wie die Tränen kommen, sitzt Detlef auch schon neben mir, um mich tröstend in den Arm zu nehmen.

Es ist schon sonderbar- ich kenne diesen Menschen doch gar nicht! Aber es tut so unendlich gut, sich verstanden und getröstet zu fühlen! Aber darf ich das annehmen? Es scheint, dass Detlef genau spürt, was ich gerade denke, denn er sagt: „Mach dir keine Gedanken, ich bin jetzt kein Mann, sondern einfach nur ein Freund!" Jetzt ist es einfacher, mich in seine Arme zu kuscheln und einfach das Getröstet- werden zu zuzulassen! „Weine ruhig, es ist ok! Du musst dich nicht schämen! Weißt du, ich musste da auch durch! Und auch ich brauchte jemanden, der mir da durch half. Glaub mir, es ist gut, einfach die Angst, und das Durchgemachte rauszuweinen!" So oder so ähnlich spricht Detlef immer wieder zu mir.

Ich habe das erste mal seit langem das Gefühl, dass ich einfach *loslassen darf*! Ja, aber *was* denn eigentlich? Gibt es da etwas, was ich viel zu lange unnötig festgehalten habe? Es scheint so! Aber warum nur? Hält man manchmal etwas fest, obwohl es einem ganz offensichtlich nicht gut tut- viel mehr noch- obwohl es einem damit schlecht geht? Ich weiß zwar noch nicht *was* es ist, und *warum* ich so daran festgehalten habe, aber ich merke, dass es Zeit wird, dass ich mir darüber Gedanken mache! Dass das Weinen gut tut, merke ich jedenfalls sofort!

Dauert dieses Weinen Stunden? Oder doch nur Minuten? Ich weiß es nicht, bemerke nur irgendwann, dass Marga leise das Wohnzimmer verlässt.

Ich sitze also mit einem fremden Mann alleine im Wohnzimmer einer fast fremden Frau und hab mich zum Weinen in seine Arme gekuschelt.

Wie verrückt das Leben manchmal so spielt!

Gestern dachte ich noch, dass alles ok ist! Oder vielmehr, dass ich eben nichts gegen diese Stimmungsschwankungen tun kann- und nun das!

Eigentlich müsste ich doch im Erdboden versinken wollen! Ich heule einem Fremden die Ohren voll- wie peinlich! Aber es scheint tatsächlich so zu sein, dass Detlef das überhaupt nicht stört! Das einzige, was ich undeutlich wahrnehme, ist, dass er mir beruhigend über den Rücken streicht.

Ich fühle mich seit langem mal wieder *wirklich* verstanden! (Wie oft denke ich das eigentlich noch?) Nach einer ellenlangen Zeit versiegen die Tränen endlich, und ich kann auch wieder einigermaßen klar denken. Und gerade in diesem Moment kommt auch Marga wieder ins Wohnzimmer- was dazu führ, dass ich total verlegen werde...

Und was tut Marga? Sie lacht! Gerade als Wut in mir hochsteigen will, erklärt sie ihre Reaktion: „Warum wirst du verlegen? Denkst du, ich habe noch nie geweint wenn ich nicht alleine war? Das kannst du aber getrost vergessen, glaub mir! Es ist erst wenige Wochen her, als ich genauso wie du in Detlefs Armen geweint habe! Es scheint, dass das jeder manchmal braucht! Denn auch Detlef ist das schon passiert."

Nun fühle ich mich schon bedeutend besser, habe endgültig nicht mehr das Gefühl, etwas Schlimmes oder Verbotenes getan zu haben! Als Detlef merkt, dass mein Körper sich aufrichtet, schaut er mir ins Gesicht um zu sehen, ob alles in Ordnung ist.

JA, jetzt geht es mir (WIRKLICH!) gut! Ich strahle ihn an, in der Hoffnung, dass er das nicht falsch versteht! Aber sein Augenzwinkern zeigt mir, dass ich mir auch in dieser Hinsicht keine Gedanken machen muss!

„So, ihr zwei, und was unternehmen wir jetzt?" fragt Detlef unternehmungslustig.

Nun schauen Marga und ich uns schmunzelnd an, denn wir beide denken das Selbe.

Detlefs verständnisloses von einer zur anderen schauen bringt uns dann alle drei zum Lachen!

Er weiß ja nicht, dass Marga und ich uns schon darüber unterhalten haben, dass wir gern den Hafen anschauen möchten.

Nachdem wir uns ausgelacht haben, sage ich: „Es wäre schön, wenn wir mal zum Hafen fahren könnten! Ich möchte mal so ganz große Pötte aus der Nähe sehen. Wenn man die im Fernseher sieht, sehen die so riesenhaft aus, dass ich gar nicht glauben kann, dass die echt so groß sind!" Mit der Bemerkung „Landratte..." fangen die zwei an, herzhaft zu lachen. Als ich ein Schmollgesicht ziehe, zwinkert Detlef mir vergnügt zu, und schon lache ich mit.

Gesagt, getan.

Schon eine halbe Stunde später machen wir uns auf den Weg zum Hafen und ich komme aus dem Staunen nicht mehr raus.

`Ich dachte immer, dass diese Ozeanriesen im Fernsehen überdimensional dargestellt sind, aber weit gefehlt` sinniere ich! Ich sitze mit weit aufgesperrtem Mund auf dem Beifahrersitz und bekomme gar nicht mit, dass Marga und Detlef ein ums andere mal feixen. Und dann fahren wir an einem Schiff vorbei- direkt neben der Mole- das flößt einem schon gehörigen Respekt ein, auch wenn es starke Schlagseite hat. Der Sturm letzte Nacht hatte ein Tau reißen lassen!

Als wir aus dem Hafengebiet raus fahren, drehe ich mich nach hinten, und verrenke mir fast den Hals dabei, um noch einen letzten Blick auf diese riesigen Schiffe zu erhaschen. Und schaue dabei genau in die vor Vergnügen blitzenden Augen von Marga. „Mir scheint, es hat dir gefallen" sagt sie nur.

Nun fahren wir noch eine ganze Zeit kreuz und quer durch Bremerhaven, das ist dann mindestens genau so interessant wie die Fahrt durch den Hafen!

Als wir zurück sind in Margas Wohnung, fühle ich mich völlig erschlagen von den vielen neuen Eindrücken- und fange schon wieder fast an zu weinen.

Und so schnell, wie die Tränen in meinen Augen hochsteigen sind Marga und Detlef bei mir, um mich in den Arm zu nehmen!

Nun schauen wir drei uns verblüfft an- und lachen natürlich! „Nun weiß ich gar nichts mehr", sage ich mit von Tränen verschleierten Augen, „was denn nun, weinen oder lachen"? Detlefs Antwort vorblüfft mich sehr! „Lachen und Weinen liegen manchmal sehr dicht beieinander!"

´Ja` denke ich `da hast du recht´. Das ist zwar ziemlich irritierend, aber ich schaue ihn dankbar an, und Detlef reagiert- wie so oft- mit einem Augenzwinkern.

Es scheint, dass dieser Mann, den ich heute erst kennen gelernt habe, ´ne Menge Lebenserfahrung besitzt! Wie schön, dass ich im Moment davon profitieren darf! Zwischenzeitlich war Marge in die Küche gegangen um Teewasser aufzusetzen.

Ehe ich mich versehe, sitze ich auf dem Sofa, mit einer dampfenden Tasse Tee vor mir, und fühle mich rundum wohl! Ich rutsche ganz tief in die Kissen und genieße ganz einfach! Wie lange es her ist, dass ich mich so gut gefühlt habe! Einfach unglaublich...

Aber irgendwann ist auch das schönste Wochenende vorbei, und ich muss wieder nachhause fahren!

Bereits auf dem Rückweg schnürt sich mir wieder die Brust zu bei dem Gedanken an die Zukunft. Ich möchte so gerne weiter lachen können wie am vergangenen Wochenende!

Es geht noch einige Wochen so weiter: Montag bis Freitag, mal mehr, mal weniger gut, in der Praxis, in die Berufsschule gehe ich (noch?) nicht, die Wochenenden bei Karin und Peter oder in Bremerhaven.

Nach 10 Monate nach der Operation sagt Richard, dass es sicherlich Sinn machen würde, nochmal eine Reha zu beantragen, da es gesundheitlich ja nicht so richtig voran geht. Von der Krankenkasse aus ist das kein Problem, und so bin ich 3 Wochen später auch schon unterwegs! Es ist ein schönes Haus, hell und modern. Nur habe ich dafür kein Auge, denn die Therapien sind extrem anstrengend! Deshalb fällt mir schon nach einer Woche auf, dass ich nur noch das Programm abspule, ohne wirklich mit dem Herzen dabei zu sein! So kommt es auch, dass ich nach den 3 Wochen frustriert und gereizt nach hause komme!

Am ersten Tag in der Praxis fragt Richard auch prompt: „Nanu, ich hätte gedacht, dass du voller Elan und Schwung zurück kommst, statt dessen machst du ein ziemlich betrübtes Gesicht. Was ist los"? „Leider war diese 2te Reha alles andere als hilfreich! Was die Spastik angeht hat sich nichts verbessert, und meine körperliche Leistungsfähigkeit ist eher weniger geworden, wie mir scheint"! antworte ich ihm. „Das ist sehr schade! Also müssen wir sehen, dass wir hier vorwärts kommen", sagt Richard und kümmert sich wieder um seine Patienten.

In der Praxis arbeite ich noch einige Wochen mehr schlecht als recht, für private Aktivitäten fehlt mir immer öfter der Elan.

Und dann bin ich auf einmal völlig zusammengebrochen! Na ja, *so* unangemeldet geschieht das eigentlich nicht! Wenn ich mich und meinen Körper ein bisschen sorgfältiger beobachtet hätte, wäre es mir sicherlich früher aufgefallen! Die Zeichen meiner Psyche und auch meines Körpers waren eindeutig genug- aber ich *wollte* es nicht bemerken!

Dieses nicht- mehr- funktionieren kommt dementsprechend dann doch ziemlich überraschend, so dass es mich völlig aus den Schuhen schmeißt! Zu allererst kommt natürlich die Panik hoch: Der Tumor ist wieder da! Quatsch- natürlich- aber die Angst in dieser Hinsicht ist eben immer noch mein ständiger Begleiter...

Dann fange ich an, die Symptome zu hinterfragen. Mir wird schnell klar, dass das klassische Überlastungserscheinungen sind. Eigentlich wohlbekannt, das hatte ich ja schon öfters, nur eben nicht so heftig! Aber *ÜBERLASTUNG?* *Von* 3 Stunden Wiedereingliederung? *ICH?* Ich hab doch schon so viel mehr geleistet!! Als ich mit den Kindern allein war, z.B.!

Und was nun?

Ich muss doch! Oder nicht? Richard sagt ja immer: „Wiedereingliederung heißt, du bist noch krankgeschrieben, musst also nicht funktionieren!" Ich rufe ihn zuhause an, und berichte ihm, dass es mir nicht so gut geht. Seine Reaktion? „Ja, das hab ich schon seit einiger Zeit bemerkt! Ich denke, wir sollten morgen in der Praxis darüber reden, was zu tun ist! Kannst dir ja auch schon mal Gedanken machen!"

Gesagt, getan. Ich sitze den halben Abend dumpf vor mich hin grübelnd auf dem Sofa, bis ich das Gefühl habe, mein Kopf qualmt! Einen vernünftigen Gedanken finde ich in dem Chaos meines Schädels aber nicht.

Von `ich wandere aus` bis `ich ignoriere dieses Gefühl einfach, dann geht es schon wieder weg` tummeln sich die verrücktesten Gedanken in meinem Kopf!

Auch in der Nacht geht es noch rund! Es ist aber nicht der Kreislauf, der das verursacht, es ist die Erkenntnis, dass nicht nur mein bisheriges Leben, sondern auch die Umschulung passee ist! Ich habe es ja in den letzten Wochen gemerkt: Ich kann mich in der Berufsschule anstrengen wie ich will- ich kann mir nichts merken! Ich kann mich in der Praxis anstrengen wie ich will- es kommt nichts wirklich produktives dabei heraus! Nun dämmert es mir langsam: Es wird mir nichts anderes übrig bleiben, als Frührente zu beantragen!

Nach dieser Erkenntnis schreit es durch meinen Kopf: `ICH? Ich soll Rente beantragen? Ausgerechnet ich?! Ich bin doch noch viel zu jung! Mein neuer Lebensabschnitt sollte doch mit der Umschulung erst beginnen`!

PENG machte es in mir, als mich diese Erkenntnis wie mit einer Keule trifft! Dieser Kelch wird wohl nicht an mir vorüber gehen, den muss ich austrinken, ob ich will oder nicht!

Und ich muss noch eines- ich muss das Ganze morgen Richard erklären! Wird er mich verstehen? Oder wird er sagen, dass ich mich nur weiter anstrengen soll, dann wird es sch…

Als der Wecker klingelt schrecke ich aus einem unruhigen Schlaf auf, und weiß im Moment gar nicht wo ich bin. Dann schießen die Gedanken von letzter Nacht wieder durch meinen Kopf: `Es gibt kein Zurück, heute muss ich dieses heiße Eisen anpacken`!

Mir wird ganz übel, und an` s Frühstücken ist nicht mehr zu denken, also lasse ich mich gleich in die Praxis fahren. Das Aussteigen fällt mir sichtlich schwer, aber es muss ja sein!

Als Erstes läuft mir Richard über den Weg, und er winkt mich auch gleich in sein Zimmer. Ich folge ihm mit gesenktem Kopf. Als wir uns gegenüber sitzen macht er es mir dann leicht. „Na, hast du dich entschieden, was du machen möchtest? Ich fürchte du hast gar keine Wahl. Die Umschulung kannst du ja leider nicht weiter machen, und selbst hier in der Praxis schaffst du oft nicht mal die 3 Stunden. Ich denke, dass du einen Antrag auf volle Erwerbsunfähigkeitsrente, gemeinhin als Frührente bezeichnet, stellen musst"!

`Nun sagt er das auch, es scheint wirklich kein Weg daran vorbei zu führen` denke ich! Sage dann auch: „Ja, darüber habe ich auch die halbe Nacht gegrübelt. Es scheint mir tatsächlich nichts anderes übrig zu bleiben! Aber ich bin noch so jung, habe vielleicht noch 35 oder 40 Jahre vor mir! Und nicht mehr in dieses *deutsche Schubfach* passen, nichts mehr wert sein? Ich weiß nicht..." So diskutieren wir noch eine Weile weiter. Dabei ist es eigentlich von vornherein klar, dass ich diesen bitteren Weg beschreiten muss!

Und wieder einmal sitze ich in Richards Zimmer und weine. Dieses mal aber nicht wegen der Angst vor der Op, sondern aus Trauer um das tolle Leben, das ich mir nach der Umschulung vorgestellt hatte! Wiedermal ist ein Lebensabschnitt zu ende, dieses mal aber nicht, weil ich es so will, sondern weil es mir von meiner Krankheit, bzw. meiner Gesundheit so diktiert wird! Richard steht auf und verlässt leise das Zimmer, um sich weiter seinen Patienten zu widmen, was ich gar nicht bemerke. Zu sehr trauern meine Gedanken und Gefühle dieser verpassten Chance hinterher.

Aber trauern? Bringt mich das weiter? Oder kostet das nur viel Kraft, Kraft die ich doch benötige, um mein zukünftiges Leben auf die Reihe zu bekommen? Also besser nicht zu viel grübeln, das Unausweichliche lässt sich eh nicht ändern! Nachdem mir das klargeworden ist, eile ich zu Richard, um ihm mitzuteilen, dass ich auf der hiesigen Außenstelle der Rentenversicherung anrufe, damit man mir mitteilt, was ich für den Antrag auf Frührente alles benötige. „Aber keine Sorge, ich werde auch künftig nicht nur auf dem Sessel sitzen und die Füße hochlegen. Wenn es dir recht ist, möchte ich hier weiterhin ein paar Stunden wöchentlich arbeiten. Ich möchte *meine* Patienten ja nicht gänzlich verlieren" sage ich schnell noch zu ihm, bevor ich das Zimmer verlasse, um besagten Anruf zu tätigen. Nach diesem Anruf denke ich `auweia, was für ein Papierwust, der da auf mich zukommt! Es ist gut, dass es Organisationen gibt, die genau in solchen Situationen helfen`!

Nach den Gesprächen mit Richard und der Rentenberaterin fühle ich mich mal wieder wie ausgelaugt, und muss ihm sagen, dass ich früher nach Hause gehen möchte, was dieser aber verstehen kann, das er mir mit den Worten „Ich kann dich gut verstehen. Da stürzt im Moment eine ganze Menge auf dich ein: Keine Umschulung, keine Vollzeitarbeit in der Praxis, statt dessen die von dir ungeliebte Frührente! Das ist alles ein bisschen viel auf einmal! Aber passe bitte auf, dass du dein Selbstvertrauen deshalb nicht verlierst, das brauchst du nämlich nicht! Du bist stärker als viele in deiner Lage, die geben einfach auf! Und nun lass` dich abholen, mache ein verlängertes Wochenende. Ich möchte dich erst am Montag wiedersehen" bekräftigt.

Schlusswort??
Kann ich das denn schon schreiben?
Eigentlich schreibt man Das doch, wenn man alles hinter sich hat, alles vorbei ist!
Ist alles vorbei??
Höchstwahrscheinlich nicht!!
Ich merke es ja selbst, dass ich immer wieder- aber nicht mehr so häufig- an Grenzen stoße! Sowohl körperlich als auch psychisch!
Und nicht nur das! Ich fange immer noch regelmäßig an zu weinen, wenn das Gespräch auf den Tumor kommt!!
Ob es jemals vorbei ist??

Ich hoffe *JA!*

Allerdings befürchte ich, dass diese Hoffnung trügt!

Was tun?

Kopf in den Sand und durch?

NIE WIEDER!

Denn genau *das* war es ja, was mich so fertig gemacht hat!

Monate lang!

Und noch eine Frage beschäftigt mich:

Will / kann ich so weiterleben, wie in der Vergangenheit?

Ich weiß es nicht, muss es aber im Moment auch nicht wissen!

Ich weiß nur eines:

ICH WILL LEBEN!

3 ter Teil:

Und heute?!?

Die Op ist nun schon mehr als 10 Jahre her, und ich möchte ein (vorläufiges) Fazit ziehen:

Die rechte Hand:
Die Vorhersage des Arztes ist *nicht* eingetroffen!
Wenn ich längere Zeit mit der Hand schreibe, wird meine Schrift nach ca. 20 Zeilen so zittrig, dass selbst *ich* mein Gekrakel kaum noch entziffern kann.
Deswegen nehme ich üblicherweise den Pc und drucke alles aus.

Das rechte Bein:
Es hat deutlich weniger Kraft als das linke!
Aus diesem Grund sieht mein Gang immer etwas schwankend

aus, und je länger der Weg ist, desto schlimmer wird es.

Der rechte Fuß:
Da hatte ich eine deutliche Spastik zurückbehalten!
Auf unebenem Untergrund krampfte mein Fuß stark, nach maximal 500m sehr stark, und dann kam noch das Schwanken dazu.

Warum *kam?*
Erst vor wenigen Wochen ist es mir mit Hilfe einer Physiotherapeutin gelungen, die Spastik *fast vollständig* zu besiegen!
Nur Schuhe, die hinten offen sind, kann ich noch immer nicht tragen, dann schießt die Spastik ein.

Aber: **ICH LEBE**